蜗牛的星辰大海

季江勇 著

江苏凤凰文艺出版社

图书在版编目（CIP）数据

蜗牛的星辰大海 / 季江勇著 . -- 南京 : 江苏凤凰文艺出版社 , 2022.8
　ISBN 978-7-5594-6919-9

　Ⅰ . ①蜗… Ⅱ . ①季… Ⅲ . ①长篇小说 – 中国 – 当代 Ⅳ . ① I247.5

中国版本图书馆 CIP 数据核字（2022）第 108190 号

蜗牛的星辰大海

季江勇 著

出 版 人	张在健
责任编辑	万馥蕾
装帧设计	叶　春
责任印制	刘　巍
出版发行	江苏凤凰文艺出版社
	南京市中央路 165 号，邮编：210009
网　　址	http://www.jswenyi.com
印　　刷	江苏凤凰数码印务有限公司
开　　本	880 毫米 ×1230 毫米　1/32
印　　张	8
字　　数	150 千字
版　　次	2022 年 8 月第 1 版
印　　次	2022 年 8 月第 1 次印刷
书　　号	ISBN 978 - 7 - 5594 - 6919 - 9
定　　价	38.00 元

江苏凤凰文艺版图书凡印刷、装订错误，可向出版社调换，联系电话 025 – 83280257

最美的遇见是
灵魂深处的懂得

目录

忧伤的蜗牛　　001

造化弄人　　015

团支书的药葫芦　　025

寒风萧瑟　　036

天问　　048

世间最美的笑容　　064

乍暖还寒　　076

红薯飘香　　087

血在烧　　102

雪，覆盖了幸福　　113

海无言　　127

人生需要突围　　143

和为贵　　156

暗香浮动　　174

别梦依依　　185

外面的世界　　195

似水流年　　204

清水·血水·碱水　　215

浮生若梦　　227

笑靥如花　　237

忧伤的蜗牛

杨凡拄着拐杖，背着一只褪了色的双肩背书包，站在市八中的门口，表情复杂，神情恍惚。

清晨，明晃晃的太阳让杨凡觉得分外刺眼，他惶恐得仿佛一只习惯了在黑暗和沉寂的角落里偷生的蜗牛，突然间被抛到舞台中央耀眼的追光灯下。眼前这一片金灿灿的阳光在他面前泛滥开来，肆意而嚣张，仿佛要告诉他，他满脸的沉郁与这里的一切是多么不和谐。横亘的一层层水泥台阶依旧那么僵硬和冷漠，黑色的铁栅门还是一副凛然而不可侵犯的尊容。他曾以为再不会踏进这个学校的大门，没想到今天又站立在它的面前。他隐约感觉，冥冥之中似乎有一种神秘的力量在牵引和左右自己，不知道会将自己带向何方。

他呆呆地望着铁栅门，脸上显出一丝难以名状的苦笑，接着开始艰难地攀登那一层层水泥台阶。这时，一群叽叽喳喳的女学生如欢快的燕雀从杨凡身旁飞过，丢下一串银铃般的笑声。杨凡终于登上最后一级台阶，他的额头上已经沁出了细细的汗珠。这时，门柱上石英钟的时针正指向七点，离上课时间还有半小时。传达室里那个大胡子老伯正品啜他新沏的花茶，他朝杨凡笑了笑，杨凡也回应他一个微笑。杨凡对这个世界没有太多的要求，只求再多一点这会心的一笑。

展现在杨凡面前的是一座融合了古典和现代建筑风格的百年老校，这原是一位清末老举人创办的书院，新中国成立后被当地人民政府扩建为一所完全中学。一走进校园，迎面而来的便是当年的书院，周身透着沧桑和古朴。然后一条两边镶着冬青树的甬道把你引向气势轩昂的教学大楼，那是一幢二十世纪五十年代建造的三层仿苏建筑，深灰的砖墙，绛红的门柱，精致中显出几分典雅。教学楼的左前方堆青叠翠，莺歌燕舞，几座假山点缀其间，取名"诗岛"；右前方曲水流觞，青钱点点，一座小亭翼然而立，得名"兰亭"。教学楼的后面则是洋溢着现代气派的办公大楼，左侧是科技楼，右侧是体育馆，一个巨大的足球场横躺在校园的西面。校园里随处可见枝干遒劲、看上去颇有敦厚之风的法国梧桐，黄绿相间的树叶，把八中装点成一幅幅斑斓的印象派油画。

如果不是身体带来的心灵上难以驱散的阴霾，杨凡也一定会喜欢这个世界，喜欢这个绿意浸漫的校园。

可现在他根本没有闲情逸致来欣赏这个美丽的校园，他低着头，踽踽独行，踩得满地的落叶沙沙作响。他甚至不敢正眼看那些三三两两地走过或一路追逐嬉闹、脸上盛满了快乐的男生女生。当然也没有人会正眼看他——这正是他所希望的。

对于杨凡而言，最艰难的路程并不是学校门前的层层台阶，而是眼前这平坦如砥、光闪透亮的教学楼大厅，因为那儿悬挂着一面特别大、特别亮的正衣镜。学生们走到镜子前，总要驻足片刻，理一理头发或摆个潇洒的造型，自我陶醉一番；而杨凡每次只能闭着眼从那面可怕的镜子前迅速逃遁。他比同龄人更能领会"自惭形秽"这个成语的真义，在这个颜值至上、以貌取人的浮华年代，他这样的人只能老老实实地龟缩在无人问津的旮旯里，免得有碍观瞻，败人胃口。

今天，他依然这样，闭着眼睛匆匆走过。嘈杂声中，几个熟悉的声音灌进他的耳朵里。

"今天要改选班委了，不知道谁能当选。"

"管他呢，反正轮不到你我，可能还是齐天吧。谁当都一样。"

"嘘——"

是杨凡班上的两个同学，一个叫高明明，爸爸是市卫生局副局长，人称"高公子"；另一个叫魏阳，爱往身上抹古龙水，同学们戏称他为"千里香"。两人瞥了杨凡一眼，脸上并无轻蔑的表情，而这恰恰又表示了最大的轻蔑。杨凡早已习惯了这种表情。

改选就改选，谁当选都一样。杨凡心里一阵冷笑。一抬眼，教数学的童老师捧着一叠作业本和另一位男教师迎面走来。杨凡正要问好，童老师对身旁的教师说："这就是我跟你说过的杨凡。"然后拍了拍杨凡的肩膀，跟那个教师一起说笑着走远了。对于教他的老师们，杨凡大多没有太深的印象，只有两位也许会让他终生难忘：一位是常帮他洗手的小学班主任周老师，还有一位就是这个谢顶的、戴着黑框眼镜、操着南方口音的童老师。每次遇到难题，童老师总会摇头晃脑地用一种夸张的语调说："难，难，难，难于上青天。这道题，曾经征服了多少有志青年，曾经挫败了多少脆弱的心灵。你看，它耀武扬威，向我们发出挑战了！怕不怕？不怕！"于是底下笑声一片。可惜童老师的解题能力让人有些不敢恭维，杨凡给他讲述自己的解题思路时，他会不住地点头，"是这样是这样""有道理有道理"。可等杨凡讲完，他会突然敲起自己的脑袋："你刚才讲什么？"童老师应该是这个校园里与杨凡走得最近的人，虽然他并不能真正理解杨凡的痛苦。

杨凡来到二楼的高二（3）班。明明是晨读课，却偏不闻读书声。教室里都是翻看日本漫画的，谈论韩剧的，抱着膀子打盹的，忙着赶作业的……

杨凡的座位在最后一排，挨着后门，他一个人独坐。他不健全的躯体，加上他的乖张和怪僻，使他沦为班上的一个异类。他的脸上没有一丝渴望和谦卑的表情，大家只好把他当作似有似无的存在。

"公子，物理作业借我参考参考。"

"不借，你还欠我一场电影呢。"

"周五请你吃麦当劳，行了吧？"

"便宜你小子了，我这个可是再版的。"

"交个差就行，快拿来。"

"高公子"们的生活是杨凡无法想象的，他没钱吃麦当劳，也没钱看演唱会和好莱坞大片。他只能在自己的座位上，望着窗台上一只孤独的小虫冥想。

正胡思乱想着，听见有人低声说："郝老师来了。"郝老师名叫郝冬秀，是这个班的班主任，一个年龄在四十岁上下的女教师。郝老师特别注重仪表形象，每天出门前都要往脸上抹一层厚厚的粉，据说那粉是有名的"香奈儿"，班上的女生说，"郝老师打个喷嚏，脸上要掉十块钱。"郝老师是八中颇有些名望的模范教师，把最美的年华都献给了神圣的教育事业，至今仍是"孤家寡人"一个，但她依然生活得意气风发。

郝老师走进教室时，故意干咳了两声，以示她的到来。然而班上总有那么几个"老油条",还是一副我行我素的臭德性。郝老师铿铿锵锵地说:"徐子涛,语文老师说你两次没交作业,你给我写份一千字的检讨书给语文老师,马上就写。黄冬泽,上周五包干区被扣三分是你失职,罚你打扫包干区一周,还有——"正说着,一个矮胖的男生风风火火地跑到教室门口喊"报告",郝老师立刻变成了一头愤怒的狮子:"又是你,王国钧,今天是不是又闹肚子呀?"王国钧畏畏葸葸地说:"报告老师,今天我没闹肚子,是我爸闹肚子。"郝老师问:"你们家是不是闹肚子专业户?你爸闹肚子还敢开车送你上学呀,真服了你们这家子。作业做好没?拿给我看!"

王国钧嗫嚅着开始翻书包,郝老师一把将书包夺了过来,王国钧的脸上顿时"五彩斑斓"。

"啧啧,薯条、巧克力、可乐、《斗罗大陆》,"郝老师皱起眉头,"耳麦、小镜子,这哪里是个书包,明明是个旅行袋嘛!你是来上学还是来疗养的呀?"

一阵欢笑声在教室里四下荡漾开来。

"笑什么笑?还有两个星期月考,我看你们拿什么考,考倒数的同学,我要请你们家长到学校来喝茶,茶叶自备。"

高明明小声对魏阳说:"我才不怕呢,我让我爷爷来喝茶,我爷爷耳背,嘻嘻。"魏阳朝他竖起大拇指,也凑到高明明的耳边说:"我到后街雇个'老爸'来,三十元钱服务到位。"

郝老师忽然瞥见角落里的杨凡,眉头微微一皱,走到杨凡的座位旁说:"你到我办公室来一下。"

※

杨凡便跟着郝老师来到离教室不远的班主任办公室。

"坐下吧,杨凡。"郝老师顺手拖过来一张椅子,用关切的语气询问,"这两天怎么没来上学?"

杨凡没有坐。"我……我……我生病了。"

"哦,我还以为是你家里出了什么事呢。病好了吗?"

杨凡不知道该怎么回答她,嗫嚅着。

"以后再有什么事,要事先请假或打个电话。我们班是'五星班集体',由于你无故旷课,班级被扣了两分。"

"我家没有电话。"

"那就请别的同学代请个假。"

"我……我……也没有……"杨凡低下头,看着地面。

郝老师似乎有话要说,一副欲言又止的表情。过了片刻,她极力用温和的语气说:"杨凡,我知道你自尊心很强,有自己的心思和烦恼,但一个人不能自己孤立自己,脱离集体,脱离社会呀。咱们班是模范班集体,就像一个温馨和谐的大家庭，同学之间应该亲如手足、互敬互爱，我希望你能够融入这个大家庭。"

杨凡没有吭声。

"快上课了，回教室吧。"

※

转眼一天快过去了。下午最后一节是班会课，根据学校德育处的要求，各班将在这节班会课上进行班干部改选。第三节课一下，高二（3）班的教室里就翻腾起欢乐的气泡。教室的一个角落，几颗黑脑袋凑到一起。

"这回齐天有点悬，不知道能不能保住班长这个职务。"

"我也觉得，吴永仁这小子是有备而来。"

"你们是咸吃萝卜淡操心。"

"吴永仁他爸有钱，据说在市里开了五六家烤鸭店。"

"我说呢，怪不得他身上有股子鸭腥味，齐天当班长挺好的，而且他从不摆架子，我还投他。"

几个人又猜想团支书的职位会花落谁家。

"那还用说，肯定是苏倩倩。"

"我恨不能一个人投她十票。"

"可惜人家不领你的情。"

几个人一阵哄笑。

这时,郝老师拿着一本工作手册走了进来。教室里瞬间安静下来,底下一只只眸子里闪动着期待的光芒。

"同学们,按照惯例,本学期我们要重新改选班级干部。根据同学们的推荐、候选人自荐以及老师的考察,班长一职由齐天和吴永仁两位同学竞选,团支书一职由苏倩倩和王淑敏两位同学竞选。希望同学们本着对班级负责、对自己负责的原则,给你认为最合适的人选投上一票。下面先选班长。"她让每个同学拿出一张纸条,写上班长的人选。

话音刚落,下面一阵骚动,有挤眉弄眼的,有交头接耳的,有咬着笔杆沉思的,有斜眼偷觑着别人写的。

郝老师敲了敲讲台:"自己拿主张,自己拿主张。"可下面依旧嘤嘤嗡嗡,像菜场一般。过了十分钟光景,各组组长将纸条收上来交给郝老师。

紧接着便是唱票。两名同学在黑板上分别写上"齐天"和"吴永仁"的姓名,另外两名同学则站在讲台旁一个读票,一个监票。

郝老师一声令下,上面四名同学有条不紊地忙碌起来,下面的同学则把脖子伸得像鹅颈一样长,把眼睛瞪得像五十瓦的灯泡。他们时而敛声屏气,时而窃窃私语。齐天与吴永仁的得票你追我赶,一时难分伯仲,这种状况着实让全班同学始料不及，他们的嘴巴半张着，满脸的惊诧和亢奋。高明明用肘弯捅了捅魏阳说："瞧他们两个人。"魏阳瞟了一眼，见两个候选人神闲气定，一派绅士风度：一个神情恬淡，嘴角显露出一丝不易察觉的笑意；一个则微微歪着脖颈，眼睛半睁半闭。他对高明明耳语说："两个人挺沉得住气。"

投票结果很快出来了：齐天得了26票，吴永仁也是26票。

全班哗然。郝老师那张粉白的脸竟有些神情复杂。

她说："我们班总共是五十三人，是少数了一张，还是有人没投票？"

"我们是一张一张数的，不会错，肯定是有人没投票！"

"是谁？"郝老师大声问。

"是我。"

一个低沉而喑哑的声音从教室的西北角传来。全班学生的眼光停落在那个角落——一个几乎快被他们遗忘的角落。

杨凡缓缓站起来，用拐杖支撑着身体。

"为什么——你？"郝老师沉着脸。显然，她有些生气，这个男生总是有意无意地把自己与这个模范班集体隔离开来。几十双眼里也写满了疑惑，甚至还夹着些怨怒，那眼神仿佛汇成了一道巨大的声浪："为什么——你？你想干什么？"

"我不知道该选谁。"

杨凡的回答让全班一片沉寂。

"因为我对他俩并不了解。"他又喃喃地补充说。

郝老师怔怔地站在哪儿,舌头像打了结。

半晌,郝老师才说:"这样吧,我跟你简单说明一下。齐天同学从初中开始就担任班长,成绩优秀,有管理班级的经验。吴永仁同学品学兼优,团结同学,虽然没有担任过班长一职,工作经验少了点,但经验是后天培养的嘛。我就说这些,你投谁的票呢?"

"那——那就吴永仁吧。"

轻描淡写的一句话,却像当空投下的一颗原子弹,使班上顿时升起了一团蘑菇云。

杨凡没想到自己这一票的分量会如此之重。他又看见郝老师嘴角的黑痣在微微颤动,一种隐秘的快感从他的心底油然而生。

郝老师微微一笑,便郑重宣布:"我尊重每一个同学的民主权利,班长一职就由吴永仁同学担任。"底下一半是掌声,一半是嘘声。"考虑到齐天同学有丰富的管理经验,由他出任监察委员,负责监察班级日常工作。"

魏阳问高明明:"监察委员是个什么官?是班长大还是监察委员大?"

"天晓得。"高明明耸耸肩。

座位上的齐天正睁开那半闭的眼睛,盯着黑板上方的五星红旗出神,红旗像一团燃烧的火焰,深深灼痛了他。

相比之下，团支书的竞选没有任何悬念，结局果然如班上的某些预言家所云：苏倩倩以绝对票数击败王淑敏，理所当然地当选为班级团支部书记。

按照惯例，新当选的班级干部还要在班上进行就职演说。于是，大家都翘首以待下一个"节目"。

"下面欢迎齐天同学作为前任班长，给同学们讲几句话。大家鼓掌。"郝老师边说边鼓掌。

齐天迟疑了一下，最终还是站起身来，用手理了理头发，面带微笑，健步走上讲台。齐天的帅气是毫无异议的，他的五官搭配得恰到好处，两道剑眉下面有一对幽深的眼眸，鼻梁高挺，嘴唇弯成一个坚毅的弧度，最让人羡慕的还是他挺拔的身材，站在讲台上像一棵迎风招展的小白杨。

齐天说："同学们，首先我要向新任班长吴永仁同学表达我诚挚的祝贺，祝愿他能在班长的岗位上大显身手。永仁也是我的朋友，我相信我们的合作一定会很愉快。在过去的一年多里，本人虽已竭尽全力，但仍有很多工作不能做到尽善尽美，还望各位多多包涵。"他朝下面拱了拱手，然后大步流星地走下讲台。一旁的郝老师微笑着点了点头。

"下面欢迎新任班长吴永仁同学发表就职演说。"

吴永仁个头不高，但很壮实，方脸，大嘴。他离开座位，刚迈步要走，脚下却被什么东西一绊，差点摔倒，教室里响起一阵旋风般的哄笑。吴永仁一脸腼腆地走上讲台，挠了挠头，又搓了搓手，结果又引起一阵哄笑。郝老师嘴角的黑痣又抖动了几下，就听吴永仁慢吞吞地说："我这人不太会说话，也不知道该说什么，感谢大家，感谢老师，也感谢齐天，我一定会好好干，一定一定。"由于紧张的缘故，他说话有些结巴。

最后轮到新当选的团支部书记亮相。

当新任团支书苏倩倩像云彩一般轻轻飘落在讲台前，她周围的空气也仿佛染上了几分明艳的色调，阳光透过玻璃窗洒照在她的瓜子脸上，又在她长长的睫毛上跳跃。全班没有一个人讲话，所有人都凝神屏气地望着她。这位两个星期前刚从上海转学来的漂亮女生笑吟吟地出现在高二（3）班门口的第一天，就如同一块强力的磁铁牢牢攥住了班上几乎所有男生和女生的眼球。她的黑色绸缎一般的长发让班上的女生纷纷放下了她们的马尾辫，她的泉水般清澈的眼眸让班上的女生一连几天对镜长叹，她的一身迎风飘动的米黄色风衣让女生寻遍了本城大大小小的商场和服装店。她有白皙如玉的肌肤，她有弯弯而细长的柳叶眉，她还有一口标准而甜美的普通话……总之，关于她有说不尽的话题。

于是，关于她的一切，班上就有了形形色色的猜想和传言。她是高二（3）班人人都愿意猜的一个美丽的谜。此刻，这个"谜"勾起大家无尽的遐想和思绪。

"谢谢大家,谢谢大家对我的厚爱和信任。"她一口纯正的普通话,嗓音清亮如出谷的黄莺。"我初来乍到,很多事都不懂,也不了解,所以真诚地希望大家能多多指点我,帮助我,支持我。"她话音未落,就被一阵迫不及待的掌声打断。"高二(3)班是由我们在座的每一位组成的大家庭,她的荣耀是我们大家的荣耀,她的耻辱也是我们共同的耻辱。作为新任团支书,我最大的心愿就是和大家一起努力,把高二(3)班建设成为一个友爱、温馨、其乐融融的大家庭,让我们中的每一个成员都能感受到成长的快乐。希望若干年后,当我们回首今日,我们能够无比自豪地说,这是我们生命中最纯真、最无邪的一段时光。我的讲话完了,再次感谢大家!"

掌声再次如潮汐般起伏。

造化弄人

杨凡的出生曾给杨家带来无尽的欢乐和希冀。小杨凡粉嘟嘟、胖乎乎，虎头虎脑，人见人爱。载着他的童车走到哪里，欢声笑语就跟到哪里。杨凡是杨家两代单传的独苗，一家人视之如掌中之宝。杨兆云对妻子姚梅说："老杨家终于有后了，你是头功。"杨兆云下班回家的第一件事就是用他满嘴的胡茬扎得儿子咯咯地疯笑，然后把儿子架在脖子上，屋里屋外地转圈儿。杨凡的小嘴不停地叫嚷："驾驾，骑大马啦！"姚梅在一旁心疼丈夫："你歇会儿，别累着。"杨兆云笑呵呵地说："没事没事，小乖乖，再来一圈。"夏日的晚上，一家老小围坐在阳台上纳凉，小杨凡一会儿给爷爷奶奶捶背，一会儿又给爸爸妈妈摇扇，俨然是全家的开心果。杨兆云兴致来了，还会拉上一回板胡或哼上几句铿锵的京腔。有一回，杨兆云从单位里带回一台老式的唱机，每当屋子里飘荡起悠扬的旋律，杨凡就安静得像一只小猫。

那时候，杨兆云是一家糖烟酒公司的经理，人前人后还算风光体面。姚梅在街道办的服装厂上班，也还轻松惬意。杨家的小日子过得热气腾腾，有滋有味。

岁月在不经意中流逝，一眨眼的工夫，杨凡长到五岁，经常和一帮小伙伴在街头躲猫猫、斗蛐蛐、打弹珠。他是小伙伴们的头领，头戴大盖帽，腰里别着一把塑料玩具手枪，经常带领他的人马冲锋陷阵。那是杨凡此生中活得最酣畅、最快乐的一段时光。

常言道，世事无常，造化弄人。命运的云谲波诡就像六月的天，说变就变，令人猝不及防。

那年初夏的一个午后，姚梅去帮她姨娘搬家，忙得脚后跟打后脑勺。杨凡自个儿玩累了，在一个大纸箱里睡着了。晚上回到家里，高烧不止，喂了点药，仍然不见好转。反反复复烧了几天，送到医院去检查，大夫的一席话犹如晴天里响了个炸雷。夫妇俩瞠目结舌，半响说不出一句话来。医生告诉他俩，杨凡患上了小儿麻痹症。夫妇俩泪如泉涌，立即带着杨凡四处求医。谁料祸不单行，厄运不断降临到杨家。先是爷爷患脑出血去世，奶奶在给爷爷祭坟时摔了一跤，从此一病不起，几个月后也追随爷爷而去。杨家这一年过得凄凄惶惶，水深火热。

让杨兆云稍感慰藉的是，经过一年多的治疗，儿子总算保住了一条腿，另一条腿却不得不借助拐杖。然而，当杨兆云将一只拐杖交给杨凡时，倔强的杨凡一把将拐杖甩得老远，哭着说："我不拄拐杖，我不要拐杖。"无奈，夫妇俩只好带着杨凡继续奔波在求医的路上，哪怕只有万分之一的希望，他们也会不惜代价、不远千里前往就医。每一次给杨凡动手术，夫妇俩都信誓旦旦地保证，做完手术就给杨凡买他最喜欢的礼物。杨凡心里发笑：他根本不需要礼物，他心里可高兴呢。同病房的小朋友问他："我打针都怕得不得了，你开刀就不怕吗？"杨凡便说："当然怕呀，我看到台上那些锤子凿子就发抖，可我不能哭也不能叫，如果那样医生就不给我开刀了，我的腿也好不了。"杨凡并不知道，每次从手术房推出来，他就像一个半死不活的人。一次他疼得实在忍不住，哎哟哎哟地叫唤，迷糊中看见他爸在抹眼泪，他笑着说："爸爸不是男子汉，爸爸淌眼泪了。其实我不怎么痛，我故意叫出来骗你们的，好让你们给我买礼物。"杨兆云泪如雨下。杨凡的坚强和乐观并没有给自己带来好运，他终究没能甩掉拐杖。

腿没治好，家倒垮了。两个老人的接连病故耗去了杨家半生积蓄，杨凡的腿疾更是让杨家的经济日渐窘迫。为了给儿子治病，杨兆云只好辞职，又不得已变卖市区的楼房，把家搬到城郊接合部的平房，最后竟沦落到住进城北的棚户区。一想到儿子的下半生，夫妇俩时常在夜深人静时抱头痛哭；尤其是生性好强，也曾龙腾虎跃的杨兆云，如今他落得爱子残疾、债台高筑的境地，心中便有说不尽的酸楚和悲苦。多年的奔波劳碌和焦思苦虑使这个硬朗的汉子患上了冠心病，医生一再告诫他，得这个病千万要预防心梗，不能再劳心劳力。姚梅劝他装个支架，他凄然一笑："装支架要一大笔钱，我们哪来的钱？活一天算一天吧。"

一个秋日的午后，杨兆云在一家职介中心的门前逗留，想看看有没有适合自己的工作。两个穿着黑色圆领衫的男子突然杵在他的面前，把杨兆云拽到一边，问他什么时候还钱。原来，杨兆云借过一笔高利贷，半年后高利贷变成了一串触目惊心的数字，杨兆云除了逃避和敷衍，毫无办法。黑衣汉子丢下一句话："三天后再不还钱，要你好看。"姚梅万没有料到，那个艳阳高照的午后，丈夫踏出家门就再也没能回家。有人告诉姚梅，她的丈夫晕倒在一家杂货店的门口，等救护车呼啸而来，杨兆云早已魂归西天。姚梅哭得死去活来。那是杨凡的妹妹杨苹降生的第二个年头。

杨兆云没有给家人留下只言片语，只留下两万元债务，还有一把给儿子的"红棉牌"木吉他。那是五年前，杨凡在上海的一家专科医院看腿，他被一阵流水般清越的琴声所吸引，便拄着拐杖寻声而去。在医院的草坪上，一个穿着条纹病号服的女孩抱着琵琶一样的东西在轻轻抚弄。从女孩那里他得知,这玩意叫吉他,是源于西班牙的一种弹拨乐器,有六根弦,弹奏起来像一个小型乐队。杨凡回到病房就缠着他爸要学吉他。在他十岁生日那天,妈妈给他买了奶油蛋糕,爸爸让他闭上眼睛,然后一把"红棉牌"吉他呈现在他眼前,还有一本《吉他自学教程》,杨凡如愿以偿。爸爸离世后的那些日子,杨凡常常逃到屋后的山冈上,闷头拨弄那把喑哑的木吉他。

家境的每况愈下,幼小的杨凡都看在眼里,他渐渐变得沉默,小小年纪看上去比同龄人深沉许多,也成熟许多。邻居的小伙伴常常捋起杨凡的裤管,瞧一瞧他伤痕累累的腿,然后吓得哇哇大叫,杨凡也不生气。由于经常外出求医,杨凡耽误了很多功课,读小学时除了数学成绩突出一些,其他功课一直不佳。他拄着拐杖,跛着一只脚,走在校园里,常常吸引许多好奇的目光。不止一次,他看见一个低年级的小学生学他走路的样儿,一瘸一拐地在几个学生面前表演。他想上前揍他一顿,还没等他迈步,那些学生便一哄而散,撒开腿在他面前转起圈来,嘴里一齐嚷道:"瘸八仙,跛上天,环游世界一万年!"他怒不可遏地试图用拐杖去击打他们,却不知哪来的一只手将他一把推倒在地。他的手蹭到地面,鲜血慢慢从通红的皮肤里渗出来。他只能眼睁睁地望着他们扬长而去。这样的事在杨凡的记忆中并不鲜见,他的文具被同学抢过,他的拐杖被人藏匿过，他的课桌里常常被人放蚯蚓或毛毛虫，可那时他并不感到寂寞，因为还有同学惦记着他。

上天剥夺了他行走的自由，却赋予他超常的想象力。他看见自己在校运动会上像闪电一样冲在最前面，把所有的男生都甩在后面，然后把冠军的奖牌举得高过头顶；他又看见自己从操场的看台上勇敢地跳下，然后得意地捋一捋头发，赢得女生们的阵阵喝彩；他还看见自己爬上了学校附近的老槐树，掏了好多好多的喜鹊蛋。这样的幻想常常被下课的铃声打断，然后失落和怨愤像潮水一样淹没了他，他只能恨恨地捶打那条不争气的腿。一通发泄之后，他像一棵蔫了的瓜秧，蜷缩在一旁，抚摸着腿上隐隐作痛的伤疤，泪水涟涟。如果上天让他重新选择，他宁愿做一只飞鸟或是一条游鱼，也不要像这样做人，他受够了。

他想，也许这就是他命中注定的劫，是他逃不过的宿命。他领教了这个世界的残忍，只是一直想不明白，这个世界为什么要这么惩罚自己。

※

浑浑噩噩，半梦半醒，杨凡由小学生成长为中学生，然而随之一起成长的，是彻骨的忧伤。

一个不思进取的学生自然不会赢得老师们的青睐，尤其是像杨凡这样腿有残疾却还不愿自强自立的男生。进入高中的杨凡蜷缩在教室的一个角落里，像一条孱弱而萎靡、苟且偷生的蛹虫。老师们偶尔会向那个角落投去漫不经心的一瞥：杨凡啊，你为什么不能学学身残志坚、积极向上的尼克·胡哲，学学坐在轮椅上还在探索宇宙黑洞的斯蒂芬·霍金？为什么总是一副自怨自艾、自暴自弃的德性。一个向命运妥协的人是孬种，一个孬种只好由他自生自灭。

长大后的杨凡看上去要比同龄孩子老成许多。他的眼睛、鼻子和嘴唇的线条都很硬，宛如钢笔勾勒出的一张肖像。他不英俊，但眉宇间却流露出一种抹不去的锐气，眼神里始终隐藏着一种深深的忧悒。同龄人中没有人能够想象到，这样一个正值花季的少年是如何思考着与他的年龄极不相称的问题的。

因为，杨凡品尝到了真正的痛苦。

如今已没有人再当着他的面骂他"瘸八仙"，也没有人逗引他在后面拼命追赶，甚至也很少再有同学用诡异的目光研究他。他曾经是那么惹人瞩目，现在却又如此微不足道。他觉得自己是误入尘世的"多余人"。一种从未有过的苦闷和压抑铺天盖地漫卷过来，像蚕丝一样把他层层包裹起来，使他无法挣脱。他又像掉进了一个巨大的深坑，任凭他怎样努力，都爬不出这个坑。每天放学，他总要等全班甚至全校的学生都走光了，他才拄着拐杖离开校园，一步一步，踏着自己寂寥苍凉的身影。

杨凡常常陷入冥想：地球上有那么多物种，自己为什么偏偏降生为人？人类诚然有诸多其他物种难以企及的快乐，但人类有限的快乐常常被无限的痛苦所抵消。而地上的瓢虫和树上的小鸟似乎从不关心生存之外的东西，简单地过活，自然地繁衍，没有太多的欲求，因而也没有过多的烦恼。而他偏偏又是人类中最倒霉的一群人，一无所有，一无所长，除了家人，没有人愿意亲近他，更没有人肯做他的朋友，只有书本上的文字才愿意跟他对话和交流。他想躲进厚厚的书本寻求一丝慰藉和平静，然而书本却不断迫使他直面自己的灵魂，让他变得日益清醒，也日益痛苦。

杨凡恍惚听到一声声从远方传来的鼓点，忽远忽近，带着诡秘的气息。

他想，如果说他这样的人还有明天和未来，那他的明天和未来就是街头那一群衣衫褴褛、蓬头垢面的乞讨者。他的人生好比一道简单明了的数学题，不用求解就已经知道答案。他不喜欢耀眼的白昼，宁愿一辈子深埋在浓稠的黑暗里。然而，到了夜晚，那被残酷的现实所粉碎的精神碎片又纷纷聚拢而来，用碎玻璃似的碴子碾磨着他。

黑夜里，他常常被一只若有若无的大手招引着，来到一片荒无人烟、云雾弥漫的旷野。他踯躅着,呼喊着,想找寻那个曾经熟悉的身影。记不清找了多久,仿佛是几年,又仿佛是几世。就在他绝望得跌坐在地的时候,他听到天地之间有一个声音,沉闷而悠远,空洞而散漫,可他看不到任何身影。随后那声音像被狂风噎住了嗓子。旷野里一片死寂……

于是他感觉自己在一个莽莽苍苍的世界里到处游荡,游到哪里,四周茂密如青荇一样的东西就会自动荡开。忽然,一个模糊的身影飘然而去,吸引他拼命地追赶,他猛地跌进一个深不见底又乌漆墨黑的沟谷,伴随着一声惊叫——梦醒了,枕边被泪水打湿了一片。他再次陷入深深的自责,是他给全家带来了毁灭性的灾难,他是这个家庭的灾星。梦中的那个声音没有说错,正是他拖垮了全家。一种深深的负罪感每天啃噬着他稚嫩的心灵,让他无法承受。

※

杨凡不明白自己为什么还背着书包,日复一日地往返于学校和家庭之间。他觉得自己活像一具行走的僵尸,没有欢笑,没有眼泪,没有欲望,甚至没有呼吸。教学楼的走廊里贴满了花花绿绿的大学招生海报,杨凡苦笑:有哪一所大学会破例招收他这样的人?他来上学只是因为他处在上学的年龄,是因为不想再让妈妈伤心和流泪。

生存的无奈和生命的痛楚交织在一起，一点一点吞噬着他微弱的生活信心。

他常常坐在离家不远的山冈上，怀抱他的木吉他，轻轻哼唱自己编写的歌谣。

卸下忧伤，卸下孤独

我在马车上装满稻谷

迎着晨曦，悄悄上路

蓝天白云金色的太阳

还有百灵鸟的吟唱

我要去远方

我要去他乡

去寻觅传说中的菩提树

离开琴弦的音符像一个个小精灵在空气中跳跶腾跃。他的歌声低沉而悲怆，尾音蜿蜒在苍茫的天地之间，山冈、草木和天空也被他的歌声抚摩得悲凉起来。

团支书的药葫芦

苏倩倩从上海转学到这座海滨城市，完全是因为爸爸苏正康的工作调动。苏正康原本是上海市某大型国企的部门副职，调到临海市担任地方子公司一把手，算是升迁提拔。而苏倩倩的妈妈黄诗丽生长在十里洋场的大上海，一句"阿拉是上海人"总能令这儿的人刮目相看。上海行走在时代的最前列，一直都是时尚、尊贵和富足的代名词，只要住在上海，哪怕是挤窝棚、喝凉水都是风光和体面的。所以黄诗丽是怀着十二分的纠结离开上海来到临海的。而苏正康则不以为然，觉得上海那地方人才扎堆，很多机会轮不到他，换一换环境，挪一挪位置也不失为明智的选择。女儿苏倩倩更是一副离谱的腔调："上海，妈妈心中就只有上海，上海有什么好？一个巨大的名利场，一座被欲望淹没的都市。"夫妇俩笑笑，并不惊讶。这个表面娴雅文静的女儿常常发出离经叛道的奇谈怪论。从小，这就是一个喜欢自作主张的孩子。妈妈给她买的衣服和鞋子不入她的眼，她非得自己挑；爸爸让她学钢琴或小提琴，她却坚持要报围棋和书法；小学四年级开始，她就不肯让父母接送，上学放学都是自个儿蹬着单车一路驰骋。星期天，别的女生都爱拉上好友去逛庙市，她却喜欢宅在家里边嗑瓜子边看闲书，读到有趣的文字就手舞足蹈，看到伤心的故事便哭得大雨滂沱。她不喜欢跟那些轻薄的男女交往，她鄙视的人再怎么奉承她也得不到她一句好话。她宁愿去逗弄无家可归的猫狗，也不会把时间浪费在无聊的人和无趣的事上。一只走失的巴哥犬被她带回家来，巴哥犬的神情让她联想起小猴子，于是巴哥犬被她唤作"猴哥"。每天放学回家，她都要跟"猴哥"嬉戏一会儿。

在她眼中，同为海边城市，上海的空气不如这里清新，上海的天空不如这里高远，上海的海像上海男人一样温婉柔顺，而这里的海更有海的模样和性格，粗犷、豪迈，也不乏温柔。所以，苏倩倩渐渐喜欢上这座城市了。

当然，这座城市也有让苏倩倩不太喜欢的地方，那便是她就读的学校，严格地说，是她所在的班级。她初来乍到，所有的任课老师对她都很和蔼，班主任郝老师更是表现出异乎寻常的热情。可这并不让她喜欢，她说不清理由。更令她不自在的是班上的一群男生和女生，常常向她投来艳羡或嫉妒的眼光，呈上赞美或奉承的话语。她隐约意识到她的到来使这个班级发生了微妙的变化，难道是因为自己来自上海？是因为她光彩照人的家庭背景，还是因为自己长得不俗的容貌？她不愿多想，但她并不喜欢这样。

当郝老师找她谈话，希望她能参与班级团支书竞选时，她本想谢绝，她不愿意去管束别人，尤其是这个看起来并不简单的班级。可最终，她那敢作敢为的天性和一种莫名的冲动竟使她答应了郝老师。

※

晚上回到家里。苏倩倩一边抚摸着"猴哥"一边向家人宣布："本小姐明儿将走马上任，出任班级团支书啦！"

苏正康点点头："有出息，好好干，这才像我苏正康的女儿。"

黄诗丽指着父女俩："哼，一对官迷。"

苏倩倩说："我才不是，我是全心全意为人民服务！"

苏正康笑着问："是吗？说来听听，你怎么'全心全意'？"

苏倩倩说："我们这个'五星级班集体'实在是有点名不副实，学生三个一群、五个一伙，各有各的小心眼。我出任团支书,就是想尽可能地改变这种不和谐的局面,让这个班级多一些温情和友爱。"

"呵,我女儿是个有远大抱负的人哩。"苏正康朝女儿竖起大拇指。

苏倩倩笑着说:"我可没什么远大抱负,只是有些看不惯他们的行为罢了。"

"物不平则鸣,人不平则言,我支持。"苏正康说。

黄诗丽在一旁敲着桌子说:"瞧瞧你们俩,一个唱,一个和,跟两个哲学家似的,你们还是替自己操操心吧。好端端的上海不待,非要跑到这个地方来,看你苏正康能混出个什么名堂。还有你,苏倩倩,我可警告你,再过一年多就要考大学了,你的目标是复旦,复旦,知道不?你给我把心思放在学习上,听到没?"

苏正康知趣地说:"老婆大人的话一句顶一万句,民以食为天,开饭开饭。"苏倩倩也吐了吐舌头,帮她妈妈盛饭去了。

※

苏倩倩走马上任的第二天就召开了团委会和部分学生座谈会,提出创建"和谐班集体"的设想和建议,比如不在背后议论他人是非,把主要精力放到学习上,成立互助小组帮扶后进生等。她的提议得到与会者的积极响应，尤其是齐天，他盛赞苏倩倩此举深得人心。

她跟新任班长吴永仁商讨班级工作时，提到王国钧和杨凡："这两个同学你了解吗？"吴永仁苦笑了两声，说道："王国钧爸妈都在政府机关工作，家境不错，什么都由着他儿子，王国钧自然也就乐得逍遥自在，想怎样就怎样。至于杨凡……"他顿了顿，"我不是很了解，只知道他高一进校后就一直独来独往，从不跟人打交道。"

"你的意思是他自身的性格有问题？"苏倩倩问。

吴永仁皱起眉头："这个嘛……我也说不清楚。"

"还有，杨凡为什么不参加值日？"

吴永仁一愣："这不明摆的嘛，他腿不好，我们得照顾他。"

苏倩倩说："照顾？恐怕杨凡未必这样想。"

"不安排杨凡值日是前任班委会的决定，也是郝老师的意思。"吴永仁觉得自己一上任就改弦更张不太妥当。

"郝老师那里我去解释，我问的是你的意见。"苏倩倩觉得这个新任班长有些黏糊。

吴永仁挠挠头说："要不要去问下齐天，毕竟他是前任班长。"

"难道我们的每一项决定都要去征求前任的意见吗？你可

是这个班的主心骨。"苏倩倩提醒他。

吴永仁不吭声了,半响才说:"那就依你。"

两个人决定给杨凡安排一个扫地的值日工作。

一个大课间,苏倩倩走到杨凡的座位前,对他说:"杨凡,我和班长商量了一下,让你参加周三的值日,你负责扫地,如何?"

杨凡淡淡一笑。他在家里洗衣、做饭、打扫屋子,包揽了一半的家务活,这点小事根本不算什么。不过,自上学以来,班级上的劳动值日都与他无关,他在同学们眼中也许就是一个"无用的人"。现在忽然要求他参加值日,他有些纳闷,不知道这新任团支书的葫芦里卖的是什么药。

杨凡抬头问道:"怎么忽然想起我来了?"

苏倩倩笑着说:"之前他们说是照顾你,我觉得没有这个必要。"

"照顾我?有意思。"杨凡冷笑道。

"所以从今天起,你得跟大伙儿一样参加值日,这才公平。"

"公平?别逗我了。"杨凡心里愤愤不平:你们一个个都是女娲精心捏制出来的完人,而我却是她一鞭子挥在泥浆里蹦出来的,还跟我讲什么公平?

"你没有反对,就代表你同意了!"苏倩倩的话掷地有声。

杨凡刚要开口，苏倩倩又噼里啪啦地下了一通指令："另外，以后每周一的晨会你也必须参加，谁都不能搞特殊，这才公平。"她的语气坚决得没有任何商量的余地。

苏倩倩将乌黑发亮的长发往脑后拢了拢，像云朵一样飘走了。杨凡呆呆地望着她的背影，满脑子云雾缭绕。

※

周三放学后，杨凡和另外三个男生从教室的储藏柜里拿出扫帚和簸箕，开始他进高中以来的第一次值日。他一只手拄着拐杖，一只手拿扫帚扫地。他打扫得十分仔细，不肯放过丁点灰尘。他虽无意于表现自己，但也不想被人瞧不起。他正埋头扫着地，忽然感觉前面有个身影在晃动，一抬眼，是新任团支书苏倩倩，一张张椅子正被她挪到人行道里。

苏倩倩朝着他微微一笑："这样方便你打扫。"

那笑容让杨凡心窝一热：这个班上还从来没有人给过他这样温暖的笑颜。杨凡本想道一声谢，可总觉得喉咙里像被什么东西堵住了似的，就是发不出声音。

"呵，看来我们找对人了，差点放过你这个熟练工，班上还没有哪个同学有你打扫得这么干净呢。"苏倩倩瞅着洁净无尘的地面啧啧称道，又对另外三个扫地的男生说："你俩过来看看人家扫的地，再瞧瞧你俩的。"

杨凡心里一阵冷笑：这个团支书真逗，拿我当三岁小孩哄呢。

三个男生走过来看了看，挠挠头，干笑着说："我们在家都不扫地的。"

苏倩倩笑着说："何止不扫地，恐怕连油瓶倒了也不扶。其实我跟你俩差不多，都懒成精了，嘻嘻。"

一个说："我倒挺喜欢做家务活的，但我妈不让我做，说一个男生干家务没出息。"一个说："家长大多是这想法，认为学生的任务就是学习，最好二十四小时都上课刷题。"

苏倩倩摇了摇头："可怜天下父母心嘛。不过生活处处是学问，我们可不是为考大学而生的。"

杨凡没有插话。大学对他来说太过遥远，他甚至觉得自己连谈论的资格都没有。

苏倩倩、杨凡他们一起把垃圾倒在塑料袋里，然后丢到一楼走廊的垃圾箱里。

五个人缓步走在校园的甬道上，苏倩倩指着西面的天空叫起来："你们看，多美。"果然，西天有片片玫瑰花般的火红，夕阳仿佛被熔化，把天空染成几大块色彩斑斓的锦缎。沐浴在斜晖里的校园分外宁谧安详，梧桐树叶像镀了金一般在晚风中轻轻摇曳。

这些日子，杨凡敏锐地感觉到班上的同学对他的态度有些微妙的变化：有同学在说笑时会用友善的眼光瞄他一眼，在分零食时也会扔给他一个，甚至有同学跟他借数学作业"参考参考"，偶尔，他也会跟他们借橡皮或圆规直尺。他和大家一起参加周一的晨会，一起唱国歌和校歌，有时苏倩倩还会请他帮忙检查有没有同学忘戴校徽和团徽。虽然他早已习惯别人漠视的眼光，这一切让他有些不太适应甚至惶恐不安，但他仍然不时感到有一股暖流在体内激荡。

※

杨凡的脸上少了点阴郁，多了些明朗，校园的生活似乎有一点柳暗花明的色彩。他知道，这一切与那个新来的女生不无关系。然而随之而来的一个疑问又开始困扰他：她为什么要这么做？如果是为了向大家表明她的博爱和仁厚，那她可以去做更能扬名的好事；如果是想为自己的形象增光添彩，完全没必要，她的容貌足以让班上的女生黯然失色；如果是想通过拯救我这个异类来彰显她的崇高和伟大，那我只有对这样的"崇高"和"伟大"表示我的不屑了。

这个女生，真有意思！

有一次，苏倩倩请杨凡一起整理班级"图书角"，他冷冷地回了一句："我没空。"

苏倩倩说："你这会儿不是闲着吗？"

"我没有这义务。"杨凡绷着脸。

"你也是班级一员，每个同学都有这义务。"

"我不想干，没心情。"

苏倩倩不再勉强他。过了片刻，她拿起一本林清玄的《我心光明》，又问他："你喜欢林清玄的文章吗？"

杨凡硬邦邦地回答："不喜欢。"

"为什么？"

"没有为什么，就是不喜欢！"

杨凡忽然讨厌起眼前这张俏丽的脸来，这一刻，他觉得漂亮的女生多是虚荣、做作和矫情的代名词，就跟林清玄的文字一样。她们天生而来的优越感把她们宠成高高在上的公主，总喜欢发号施令或指点江山。

"你怎么这副臭德性！""公主"果然杏眼圆瞪。

"你说对了，我就这臭德性。"

"好心当作驴肝肺，你当我稀罕跟你说话呀！"苏倩倩的伶牙俐齿一向不饶人。

"谁要你跟我说话！"杨凡毫不示弱。

"没见过这么难伺候的。"

女团支书拂袖而去，杨凡望着她离去的背影，心中怅然若失。他狠狠地咒骂自己：别人拿你当空气，你顾影自怜；别人给你送温暖，你又疑神疑鬼——唉，你就是个天生的怪物。

寒风萧瑟

真正让杨凡烦心的并不是学校的人和事,而是横亘在现实生活中的一道道沟和坎。

姚梅的眩晕病反复无常,经常把她折磨得半死不活。她在超市挣来的工钱除去兄妹两人的学杂费,只能维持最低限度的家用。杨凡的耳边经常回响起邻居良叔的话:"你可是家里唯一的男人。"

"我是男人,可我是一个没用的男人,是一个连自己都养不活的男人!"他哀叹道。他想给妈妈治病,想给妹妹买一条花裙子,也想给自己换一把"雅马哈"民谣吉他,不过这些都只是他的妄想,他什么也干不了。

日子难熬,可还得一天一天往下过。

摸摸口袋里仅剩的几毛钱,他一脸怅惘。又到吃午饭的时辰，校园里弥散着阵阵诱人的菜香，杨凡的五脏六腑生生地煎熬着。同学们三五成群，欢呼着冲向教学楼后面的学生餐厅，然而这却是杨凡一天中最难堪最凄惶的时刻。食堂里的菜肴品种丰富，花色繁多，杨凡只能吃最便宜的白菜熬豆腐或清炒土豆丝，搭配一份免费的菜汤。而他身边的学生则大快朵颐，把鸡鸭鱼肉的鲜美用响亮的咀嚼声渲染得淋漓尽致。那一刻杨凡的胃开始抗议，不争气地呐喊、蠕动和挣扎，像一个撒泼耍赖的顽童，他拿它毫无办法，只有拼命地咽着涎水，咽得喉头不住地颤动。理智在强大的生理需求面前溃不成军，以至于一切关于美食的文字和图片都能把他引诱得神魂颠倒。他知道，自己对于美食已经表现出一种近乎病态的欲望。这种欲望在午餐时分会加倍膨胀，于是杨凡有意避开就餐的高峰时段，在同学们打着饱嗝、陆续离去之际，他才独自前往。打菜的师傅长相和善，总是笑眯眯的，师傅看到杨凡一副失魂落魄的样子，偶尔会发点善心，从铁铛子里刮一点鱼香肉丝或宫保鸡丁到他的碗里。杨凡刚要道一声谢谢，师傅就啪地关上了玻璃窗口。是啊，他们也不稀罕一个穷小子的感恩戴德吧。

今天他照例选择在人潮消退之后慢慢踱到食堂去。在食堂门口，他和同班同学王淑敏打了个照面，他本想招呼她一声，然而看到她那张白潦潦的冷若冰霜的脸，就什么话也不想说了。

偌大的食堂还剩下稀稀落落的五六个人，长长的餐桌上一片狼藉。几个学生边吃边聊，不时传来笑闹声。

杨凡盛了饭，买了一份清炒土豆丝，然后去舀汤。勺子在木桶里翻过来搅过去，只捞上来几片发黄的烂菜叶。他找了一处挨着墙的座位，把拐杖放在一边，囫囵地吃起来，心里在哀叹：你不是藐视物质吗？好，那就让物质给你一点教育！

正胡思乱想着，忽然，他一眼瞥见旁边的餐盘里竟然剩了些肥厚的肉片和没啃干净的鸡腿，他的眼睛突然大放光芒，心口响起紧密的锣鼓。他环顾了一下四周，确定无人关注他，便一咬牙，闪电般地将那餐盘的"美味佳肴"聚拢到自己的饭碗里。

他有滋有味地品咂着，用别人吃剩的食物抚慰自己饱受委屈的肠胃，那种陶醉和窃喜不亚于饥肠辘辘的难民意外获得饕餮大餐……在明媚和煦的阳光下，这个十七岁少年却被生活无情地碾压和羞辱。活着，哪怕如此卑微地活着，是他对这个世界唯一的祈求。他又想起那些美化和歌颂苦难的文字，觉得可笑之至，因为真正的苦难只会令人窒息和沉没。

杨凡觉得不能再继续这样下去，他要设法改变这种困窘的状况。

※

放学回家的路上，杨凡看见饭馆里摞着一堆盘碟和碗，他想：我其他事情干不了，洗碗盘总可以吧。于是他鼓足勇气走进一家名叫"乡村小院"的土菜馆，小心翼翼地问门口戴着大金链的中年男人："老板，你们要洗碗工吗？"

"大金链"剔着牙，打量着杨凡，笑着说："要是要，但不要你这样的，万一摔烂了盘子不好办。"

"不会，我会很小心。"

"那也不行，客人见你这样子会没胃口的。"正说着，一个梳着高髻、穿着旗袍的中年妇女牵着一条大金毛迎面走来。饭店老板进屋挑了块肉骨头扔给大金毛。

妇女笑着说："我们家阿黄一年要吃你们家不少肉骨头，这人情我可没法还。"

"这点人情跟我俩的交情比算什么？""大金链"边说边跟那女人挤眉弄眼。

妇女嘘了一声。

离开饭馆，杨凡愤愤不平，朝路边的电线杆狠狠地啐了一口。

※

这个星期天，苏倩倩准备组织团员到月亮湖义务捡垃圾，觉得有必要把杨凡也叫上，于是她走到杨凡跟前嘻嘻一笑：

"杨凡。"

杨凡别过脸去。

"哎呀,你还生气呀?那天可是你先把我惹恼的。"

杨凡不吭声。

"我这人心直口快,吵架时说的话从不往心里去。你可是个男子汉,大度点好不好?"

杨凡还是不吭声。

苏倩倩又笑嘻嘻地说:"行了行了,是我错了,请你原谅我吧。"

"不原谅。"

苏倩倩双手合十:"不容易啊,你终于开金口了。"

杨凡闷声问:"找我干吗?"

苏倩倩说:"星期天,我们准备去月亮湖捡垃圾,我想到你这个大劳力。"

杨凡说:"我不干,我饭都快吃不上了,你们境界高,你们去干吧。"

"论境界你可比我们高,你保护小学生那可是见义勇为之举。"苏倩倩说完朝杨凡竖起大拇指。

"你看见了?"杨凡知道她说的是前阵子一个小学生被人勒索的事。

"我那天到学校报到,刚好看见了。"

"那没什么,路见不平而已。"

苏倩倩点点头,又说:"看在我的分上,一起去月亮湖吧。"

杨凡答应了。

那天,杨凡被分配在高明明和魏阳他们一组,高明明拿了两块"德芙"巧克力给杨凡,笑着说:"没吃过吧?"魏阳也扔给杨凡一根五香火腿肠:"给你开开荤。"杨凡舍不得吃,揣在口袋里留给妹妹小苹。高明明对杨凡说:"我们这组就靠你了。"魏阳捏着鼻子说:"我最受不了饮料瓶里的馊味儿。"杨凡心里在嘀咕:我还受不了你身上那股味儿呢。活动接近尾声时,高明明和魏阳让杨凡歇着,两个人拎着装满垃圾的塑料袋颠颠地跑到苏倩倩面前,洋洋得意地说:"我俩的成果!"

※

杨凡回到城北已经是晚上六点多钟,迎接他的是蹲伏在草窠里的那一只巨大的石麒麟,这只南北朝时守护帝王陵墓的神兽如今沦落在荒郊无人问津,只有孩童和鸟雀在它周边玩耍嬉戏。落日下,石麒麟张着黑洞洞的大嘴,神情阴郁而诡谲。

杨凡刚走到家门口,就隐约听见家里有嘤嘤的哭泣声。他心里一个咯噔,拄拐杖的手禁不住颤抖起来。

杨凡一把推开虚掩的门,眼前的情形把他骇呆了:妈妈瘫倒在地上,枯瘦的身体弯成一张紧绷的弓,两只手狠命地揪扯自己的头发。小苹哭着对杨凡说:"妈妈的头痛病又犯了。"杨凡俯身叫唤:"妈,妈……"

姚梅的呻吟声越来越大,杨凡劝她赶紧去医院,姚梅却摇摇头。杨凡知道,家里根本拿不出看病的钱来,他至今还欠着学校的资料费,可是,他不能眼睁睁地看着妈妈被病痛折磨。

杨凡把心一横,决定去跟邻居借钱。他用拐杖撑起身子,匆忙走出家门。

杨凡踅进邻居张鞋匠的家里。

他红着脸说明来意,张鞋匠摇了摇头:"你看我这破机器,老是跟我过不去,它一天不开张,我就一天挣不了钱。"鞋匠说完又埋头鼓捣他的修鞋机,嘴里不停地嘟囔。

杨凡又走进住在他家东边的王驼子家。然而,刚跨进王家的门槛,他的舌头便打了结,因为听他妈妈说过,家里前不久才跟王驼子借过几百元钱。

王驼子问他,是不是有事。

杨凡的眼泪在眼眶里打转,只得硬着头皮说:"我妈又犯病了,得去医院,想再跟您借点钱,后面一起还。"

王驼子面露难色,指着房子说:"这房子一到雨天,外面下大雨,里面下小雨,我正愁没钱翻修呢。"

王驼子的意思再明白不过了。杨凡抹干了眼泪，说了声对不起，又拄着拐杖往吴婶婶家走。吴婶婶正在家洗衣服。

　　杨凡哀求道："您能不能借点钱给我，我想送妈妈去医院。"

　　"唉，不是婶婶不帮你，实在是家里拿不出啊。小明他爸不是喝酒就是赌钱，早把一点家当败光了！"说完长吁短叹。

　　杨凡耷拉着脑袋往回跑，刚一拐弯，看见良叔骑着一辆三轮电动车驶过来。杨凡仿佛看见了救星，泪眼婆娑地向良叔诉说了他妈妈的病情。良叔让杨凡坐上三轮车，直接将车骑到杨凡家门口，又把坐在地上呻吟的姚梅扶到车上。

　　姚梅被送到城北的一家妇幼保健院急诊科。

　　挂了一瓶滴液，又服了几片止痛药，姚梅的脸色渐渐好转，杨凡拽着妹妹扑通一下跪倒在良叔面前。良叔连忙扶起兄妹俩："起来起来，男儿膝下有黄金。"

　　兄妹俩泪流如注。

　　姚梅在医院待了两天，良叔帮她付了医药费，一共六百多。良叔的妻子桂英对杨凡说，那是良叔在工地扛了三天的水泥包挣来的工钱。

※

姚梅的病略有好转，又跑去超市打工了。为了还债，她还揽了一份送牛奶的活儿。有一天，姚梅下班回家，板着面孔问杨凡："你是不是有事瞒着妈？"

杨凡一愣："没有啊。"

"我在路上遇到良叔，好像有话要说，问他又摇头，你们肯定有事瞒着我。"姚梅不依不饶。

杨凡默不作声。

姚梅又盯着小苹："你说，小孩可不兴撒谎。"

杨凡朝妹妹使了个眼色。小苹还是没有憋住："我和哥看你太累了，想让良叔给我俩找点事做。"

杨凡说："我们想替你分担一点。"

姚梅急了："你们是学生，你们的任务是上学，是念书，知道不？"

"我早就不想上学了，就算考上大学也没前途，不如退学打工。"杨凡说。

"你不上学就更没前途，现在哪个行业不要文化，你妈要是有个文凭，还会在超市打工吗？以后再不许讲这种没出息的话！"

"我也不同意哥哥退学，所以才……"

杨凡还要争辩,小苹拽了拽他的衣角。

"你要供我们吃穿,还要供我们上学,你要是累垮了,我和妹妹就要流落街头了。"杨凡说。

几句话把姚梅说得鼻子一酸,眼圈又红了。

"不如让我们帮帮你吧,妈妈。"小苹摇着妈妈的膀子哀求道。

姚梅抚摸着小苹的头说:"可你们一个腿脚不好,一个年纪还小,能做什么啊?"

"我们就做力所能及的事!"杨凡语气坚决。

姚梅望着杨兆云的遗像,忍不住抽泣起来:"妈没本事让你们过好日子,还要让你们去干活,妈这心里……"

兄妹俩见姚梅抹泪,也跟着呜咽起来。

※

这天放学,杨凡来找良叔,见他正用碘酒涂抹腿上的伤口,便问他怎么回事。良叔说是替人家搬家具时被钉子划破的。又告诉杨凡,他托自己办的事总算有眉目了。他的一个做报纸批发生意的朋友答应帮忙,让杨凡送报纸给城北的几家卖报点,活儿不算重,但每天必须起早,赶在天亮之前送达。杨凡欣喜若狂,谢了良叔。

第一次送报纸是良叔领着兄妹俩去的。老板姓许,五短身材,一口河南腔。他给兄妹俩找了一辆平板小拖车,在车上堆上一大捆报纸。杨凡便一只手拄拐杖,另一只手将拖绳背在肩膀上往前走,妹妹小苹在后面推。许老板摇着头问:"能行吗?"杨凡拍着胸脯说:"能行。"良叔苦笑着说:"也只能这样了。"

从此,杨凡和小苹每日天未亮就跟姚梅一起下床,姚梅送牛奶,兄妹俩送报纸。有时,小苹睡眼惺忪,磨磨蹭蹭不愿起来,杨凡就哄她,等送完报纸给她买一份热腾腾、香喷喷的鲜肉大馄饨,小苹这才不情不愿地爬起身来。送完报纸,小苹没忘她的鲜肉大馄饨。杨凡也言而有信,带着小苹来到一家安庆馄饨店,点了一份馄饨。小苹见他只买一碗,便问:"哥哥,你不吃吗?"杨凡说:"你吃吧,哥哥不饿。"小苹噘起嘴巴:"你看着我吃,我可吃不下。"说完拽着杨凡就走。回去的路上,杨凡看着妹妹瘦弱的背影,很是心疼,可眼下他只能安慰她:"等哥哥将来挣了钱,一定给你买好多好吃的。"小苹天真地说:"我想吃蛋挞,还有炸鸡腿。"杨凡说:"没问题。"

可是将来,将来是哪一年哪一天,杨凡望着前方在晨雾中若隐若现的远山,一脸迷惘。

时令已是初冬,黎明时分的寒气砭人肌骨,这对于兄妹俩来说是一个严酷的考验。多少回,杨凡想在热被窝里再躺一会儿，然而，想到妈妈佝偻的腰身和憔悴的面容，他就会狠狠地自责一通。妹妹赖床的时候，他也只好咬牙去掀她的被子，然后再软语温言地哄她一番。

一天，外面下着小雨，杨凡拖着小车上坡的时候，脚下没留神，摔了个仰八叉；小苹也被滑行的小车撞倒了。两个人从地上爬起来，望着对方被泥浆涂成的大花脸，大笑不止。

杨凡已经品尝到生活的艰辛和人情的冷暖，好在他没有屈服。无论命运给他多少磨难，他都不敢屈服。除了咬牙坚持、奋力向上，他似乎别无选择。

佛不渡人，唯人自渡。他深知，只有自己才能把自己渡到彼岸去。他所遭受的痛苦已经够多了，于是对眼下的艰难和困苦也渐渐泰然了。

天问

众人心仪的女生苏倩倩对杨凡表现出的亲近姿态，有如亚马逊河流域的蝴蝶扇动翅膀产生的效应，班上很多同学也一改往日对杨凡视而不见的冷漠而开始释放他们的友善。这些变化让苏倩倩越发信奉前贤"人之初，性本善"的论断，她相信并不是由于自己有多大的魔力，而是因为每个人的心灵深处都蛰伏着恻隐和慈悲的本性，只不过需要有人来唤醒它们罢了。当然，她也不怀疑自己在这个班上具有的感召力与亲和力，这从男生们对她的百般奉承以及女生们对她并不高明的评价以及无原则的附和可见一斑。甚至，他们还会悄悄地告诉她发生在这个班级的许多奇闻逸事，比如"我是公子我怕谁"的纸条贴在高明明的后背上随他在校园里四处招摇，让他为自己超高的"回头率"亢奋了一整天；比如魏阳在教室里大讲郝老师漫长的罗曼史时，被郝老师逮了个正着，郝老师罚他做检讨并带家长。

一天上午，做完广播操，"零食部长"许薇拽着苏倩倩和几个女生去校园超市买零食，一路上聊起刚公布的月考成绩排名。

"倩倩，恭喜你进入班级前五名，你是五大学霸中唯一的女生，可为我们长脸了。"

"区区第五名有什么好骄傲的，又不是考第一。"苏倩倩撇了撇嘴巴。

几个女生又聊起考了第一的齐天。

一个梳着丸子头的女生说："老天也太偏心了，不仅给他一张帅气的脸，还给他一个聪明的脑袋。"

"还不止这些，人家老爹是部长。"许薇将一根薯条塞进嘴巴，边嚼边说。

"丸子头"眨巴着小眼睛，望着许薇："瞧你那样，是不是对人家有什么想法？"

"去，我算哪根葱，人家正眼都不瞧我。"

"是吗？那他瞧谁呢？"

"还能有谁，'远在天边，近在眼前'。"许薇指着苏倩倩，一脸鬼笑。

"一个金童，一个玉女。"大家都冲着苏倩倩笑。

苏倩倩叫嚷起来："再胡说，我扯烂你们的嘴。"

几个女生买了自己喜欢的零食，说笑着回教室。路上又聊起美食，许薇骄傲地说自己不仅会吃，还会做，将来考不上大学，就去新东方学厨艺。苏倩倩说她只会吃不会做，闻到油烟就会吐。大家笑她"出得了厅堂，入不了厨房"。

大家又东拉西扯了一通。忽然，"丸子头"用一种关怀备至又神秘兮兮的语调对苏倩倩说："倩倩，你知道，我们都挺欣赏你的。"

"哦，为什么这么说？"

"因为我们把你当自己人。"几个女生附和道。

"这个我知道。"

"所以你让我们做什么，我们都听你的。"

苏倩倩越发糊涂。

"你让我们对杨凡友好一点，我们也照做不误。"

"本该这样嘛！"

"可是，可是……""丸子头"又嗫嚅起来。

"哎呀，婆婆妈妈的，有话快说，不要吞吞吐吐的。"苏倩倩急了。

"你初来乍到，我们得提醒你，对那个杨凡，过得去就行了，可不能跟他走得太近。"

"为什么？"

"他不是一个正常人！这里有问题。""丸子头"用手指了指脑袋，又说，"我姑妈家就住在他家附近，上个星期天，姑妈到我家玩，告诉我一件事，吓得我一身冷汗。"

"越说越邪乎，到底怎么了？快说嘛。"

"有一回他没来上学，你猜他干什么去了？"

苏倩倩摇摇头。

"丸子头"在苏倩倩的耳边嘀咕了几句。

苏倩倩一个激灵，身体不由自主地震颤了一下："是吗，是吗——"又问，"这事班上有多少人知道？"

"不清楚，反正我们几个都知道，所以才提醒你，不要给自己惹麻烦。"女生们神色凝重。

苏倩倩说："谢谢你们，不过你们别再对其他人说了。"

几个女生答应了，又说："我们可是为你好。"

那天晚上，苏倩倩做功课时心神不宁，被她妈妈说了几句，直拖到十一点半才洗漱歇息。

蒙眬中，沉淀在她脑海深处的记忆又一次复活了。苏倩倩清楚地记得自己到八中报到的那个早晨，在一个巷口她第一次邂逅杨凡，一个背着书包、满脸惊恐的小学生倚靠着他，一个流里流气的大男生瞪了他几眼后溜掉了。杨凡拄着拐杖站在那儿，蓬乱的头发像纷披的枝叶，脸上的五官并不精致，但它们组合在一起却自有几分清隽和磊落。当时她扶着自行车站在离他两三米远的地方，他瞥了她一眼，那一瞥如一道电光深深地灼痛了她。他的眼神里已经找不到一丝同龄人的稚气，有的只是深不可测的忧悒、倔强和不平。

后来她才知道,这个拄拐杖的男生竟是她的同班同学,名叫杨凡。杨凡常常蜷缩在班级的角落,像影子一样缥缈,几乎没有人和他搭话,他的存在与否仿佛与这个班级毫无关系。在那些阳光灿烂、活力四射的男男女女中间,他像是秋天里一棵枯萎的瓜秧。当初,她曾在不经意间关注过他,也曾想主动和他拉一拉话,可是内心总有一种无形的力量在拉扯着她。她渐渐地意识到,这是一种群体力量对她造成的威压。当一个群体有意或无意地排斥某个个体,其他的个体会不自觉地被这个群体所吸附,然后一致去孤立那个个体。这种群体对个体拥有的绝对权威和主宰力量,让她不寒而栗。

杨凡仿佛是投射在这个模范班集体的一道黯淡的阴影,他似乎并不认可自己是这个集体中的一员,从他在竞选会上的表现约略可知。

显然,他不是一个寻常的少年。十六七岁的少年本该活成一条喧响的溪流,是什么把这条溪流变成了一片荒芜的沙丘?她想,他必定是陷入了某种命运的死结,让他愤懑甚至绝望,想要逃离这个世界。

苏倩倩不会随意看轻或否定一个身处绝境的人。她想,杨凡做出那样的选择,或许是因为在无边的梦魇中跋涉得太久太累,或许是因为在尘嚣万丈的人世中找不到存在的理由,或许是想以一种决绝的方式对这个冰冷的世界表达他的愤怒。她不想对那悲壮得近乎惨烈的行为妄加评论,她自觉没有资格。因为她与他生活的世界相距太远,她根本无法体验他的痛苦。

苏倩倩想:当杨凡辗转在生存的困境,我们这些同龄人可能还在为脸上多出几颗青春痘而懊恼,为身上没有一件像样的名牌衣服而感伤。同一片蓝天之下,人与人的命运之别竟如天上的云彩和地上的尘埃间的距离。对于沉溺在痛苦中的生命,我们不给予悲悯和援助也就罢了,为什么还要报以鄙视、讥诮和排斥?人类啊人类,你历经几万年的进化和修炼,比这世上的其他动物高明在何处?

那一夜,苏倩倩满脑子翻江倒海,最终她孕育出一个重大决定。

※

轮到杨凡值日的那天,苏倩倩依旧帮他们打扫卫生。杨凡知道周三值日表上并没有苏倩倩,她是特意留下来帮他的,杨凡的内心掀起波澜,想不明白她为什么要帮自己,难道真的是出于无私的仁爱之心或悲天悯人的情怀?

"杨凡,这回的数学考试那么难,你还考得那么好,佩服佩服!"

"这没有什么,齐天他们考得也很好。"

"我就没考好,最后两道大题开了天窗——除了数学,你一定还有其他爱好吧?"

"偶尔会看几本闲书,读几首小诗。"

"你喜欢屈原的《离骚》吗?"

"更喜欢他的《天问》。"

"为什么?"

"那里面浸透了巨大的悲怆和愤懑。"

苏倩倩一惊。

"可惜,今天再也找不到那样的诗篇了。"苏倩倩不无遗憾地说。

"不仅找不到那样的诗篇,连那样的诗人都没有了。"

"为什么这么说?"苏倩倩好奇地问。

"真正的诗人会叩问苍天和大地,会流连在山水和旷野。如今的诗人只是写诗的人,一些人甚至成天忙着上节目,做专访,开讲座。"

苏倩倩笑了,她发现杨凡比一般的同龄人有思想得多,只是他的内心世界不愿向人敞开。于是她又试探着问他:"你说得很有道理,只是可惜,那么一个有浪漫情怀的诗人竟投了汨罗江。"

"那有什么,有一个悲剧的结局总比没有结局的悲剧要好得多。"

苏倩倩又暗暗吃了一惊，她不敢小觑这个出身贫寒的少年。

"古今中外有很多那样的人，甚至是一些很有思想很有成就的人，为什么都是悲剧结局？"苏倩倩有些不解，眉头紧蹙。

"其实悲剧是人生的本质。在叔本华看来，人的生存就是一场痛苦的斗争。我完全赞同。你呢，你怎么看待他们呢？"

"我没有资格评论他们，记不清是谁说过，'没有在长夜痛哭过的人，不足以语人生'。"

杨凡眼里闪过一丝诧异，他望着她说："是卡莱尔。"

"不过，我倒是更欣赏另一位大诗人苏东坡。说起他，我很骄傲，他是我的本家。"苏倩倩说。

"是吗？"

"他的一生也是大起大落，坎坷艰难，但他的旷达和豪迈令人敬佩。我觉得，屈原是活在天上的，而苏轼则是活在地上的。'莫听穿林打叶声，何妨吟啸且徐行'……"

"竹杖芒鞋轻胜马，谁怕？一蓑烟雨任平生。"杨凡接着吟道。

苏倩倩说："得意不忘形，失意更不忘形，无论是身处黄州，还是更荒蛮的惠州和儋州，他都能笑对人生，把苦难酿成美酒。这样的人生境界才是最可贵的，你说呢？"

杨凡沉吟道："的确，更令人敬佩的是，苏东坡活在世俗里，却又没有被世俗磨去诗情和浪漫，于是被人称作'坡仙'。"

"杨凡，我发现你很不简单，挺有思想的。"

杨凡苦笑，舔了下嘴唇，低声说："你是第一个这么评价我的人。"杨凡理了理身上那件褪了色的夹克衫，然而脚上那双破旧的运动鞋还是让他的脸上闪过一丝难堪。

"你跟他们不一样。"杨凡说完这句话，神情有些恍惚。

苏倩倩露出两个浅浅的笑窝，忽然问："你想不想入团？"

"入团？我没想过，也不感兴趣。"

"我觉得，做一个共青团员也是一种积极有为的人生姿态。"苏倩倩极力鼓动他。

"也许是吧，但我还是不感兴趣。"

苏倩倩笑着说："真话假话？吃不到葡萄嫌葡萄酸吧。"

杨凡不吭声了，半晌才说："初三时，班上曾讨论过我的入团问题，但大多数人不同意。"

苏倩倩扬起她白净的瓜子脸，疑惑地瞅着杨凡。

"他们说团员不能搞特殊，要各方面过硬，又说我思想消极，性格古怪，脱离集体。"杨凡一副沮丧的样子。

"荒谬，荒唐。"苏倩倩愤愤不平。

这是苏倩倩和杨凡之间的第一次深谈。杨凡话不多，但语出惊人，让苏倩倩对他刮目相看。原来这个表面木讷的男生，胸中却别有丘壑。苏倩倩又想起班上某些油嘴滑舌地卖弄浅薄和无知的男生,不由感慨万千。尤其让苏倩倩感到宽慰的是杨凡似乎已经从心灵的沼泽地蹒跚走出,只是精神上还残留些许创痕,需要更多的关爱、温暖和鼓励。

※

三天后的一个大课间,苏倩倩征得班主任郝老师的同意,在科技楼的化学实验室召集班级团支部会议,会议总结前段时期的工作得失,又传达了校团委要求大力发展新团员的指示,然后引入杨凡的入团问题。苏倩倩鼓励大家尽管发表意见,"知无不言,言无不尽"。

苏倩倩先征求王淑敏的意见。王淑敏竞选团支书落选后,郝老师让她当了组织委员。王淑敏认为,大多数同学对杨凡还不是很了解,建议再考察一个阶段再说。

"我们对他不了解,是因为我们没有主动去了解。"宣传委员叶紫不以为然。

"他一个人独来独往,别人怎么去了解?"

"那是因为有些同学不是真心去帮助他,而是虚情假意或给予廉价的同情。"

有人说:"大多数同学还是单纯和善良的。"

苏倩倩插了一句："单纯和善良有时会演变成冷漠或麻木，就像鲁迅笔下的看客。"

大家七嘴八舌，讨论热烈，大体形成两种意见：一种认为杨凡性格孤僻，拒绝与别人交流，自己要承担主要责任；另一种认为很多同学在骨子里对杨凡存有偏见，确有冷落、歧视和疏远他的行为。一时两种意见相持不下，话题又转移到他能不能入团的正题上。虽然苏倩倩事先已做了一些铺垫，几个委员也勉强同意让杨凡入团，但她还是期望通过民主评议的方式公平公正地解决杨凡的入团问题，更希望借此来消除众人与杨凡之间的隔膜。

苏倩倩鼓励大家将反对的理由统统摆上桌面，她愿意倾听他们心底最真实的声音。

于是这个说，入团不是扶贫，团组织不是民政部，不能因为他是残疾人就照顾他。那个说，团员代表的是积极进取，是全面发展，不能随便降低标准。高明明入团不久，口气却像个资深的老团员："团员是大家学习的榜样和表率，杨凡有什么值得大家去学习的，让他入团只会降低咱们团组织在同学心中的威信，我坚决反对。"

苏倩倩说："别的且不说，就说那次去公园捡垃圾，杨凡不是团员，但他的表现比咱们班有些团员要好得多，这可是大家有目共睹的事实。"高明明脸上红一阵白一阵，朝魏阳使了个眼色。

魏阳说:"杨凡的思想中有很大的消极成分,他没有理想,悲观失望,成天阴着一张苦瓜脸,好像全世界都欠他的。这样的人入团是起正面作用,还是起反面作用?"

两个人一唱一和,特别是魏阳身上的古龙水香味让苏倩倩感到一阵阵反胃,她不知道郝老师是怎么想的,竟让他当上值日班长。

这时,一个平常不哼不哈的男生冷不丁地扔出一枚炸弹:"如果他可以入团,那王国钧也可以,谁都可以。"

"我们去关心他帮助他是对的,但在入团问题上可不能打马虎眼。"

整个讨论过程中虽然也夹杂着一些支持杨凡入团的声音,但很快被一片反对声淹没了。

这是苏倩倩任团支书以来遭遇到的最大尴尬。她一言不发,右手不停地转动着圆珠笔。她想起杨凡前些天跟他说过的话,看着眼前不停翻动着的红口白牙,胸口隐隐作痛。

眼前的同学绝不是她想的那样简单和幼稚,简单和幼稚的是她自己。他们言之凿凿,语气里仿佛拥有绝对的真理,巨大的失落感像决堤的洪水淹没过她的头顶,让她几乎要窒息。众人似乎感觉到了一些异样,看着苏倩倩那张笑靥如花的脸化作斑驳的调色板,他们的嘴巴也渐渐停止了运动。他们想不明白,这个来自上海的漂亮女生为什么总是一而再,再而三地帮一个与她毫不相干的人说话。

苏倩倩手里的圆珠笔依然在转动,她抑制住胸口那头不停跳跃的小兽,告诫自己要克制和忍耐,绝不能冲动。

实验室外面有学生吹着口哨走过,是英国民谣《绿袖子》的旋律,清新的曲调中带着淡淡的忧伤。

苏倩倩的脸上又恬静如初。她清了清嗓子,努力用平和的语气说:"大家讲的都有些道理。我只是想提醒大家,我们团组织的宗旨是什么,是等这个同学什么都发展好了我们再来吸收他,还是应该以团组织的力量不断促进这个同学去发展?如果一个同学只是存在一些小的问题,是不是需要我们团组织不失时机地去帮助他、关心他?在他遭受磨难、感到迷茫的时刻,是不是需要我们的团组织伸出援手,用我们的爱心和热情去温暖他呢?团组织有引导同学积极向上的责任和义务,如果我们一味排斥他、拒绝他,只会把他推到我们的对立面,那他会不会自暴自弃,陷入更大的绝望?果真那样,我们的先进班集体会被一票否决,我们也难辞其咎。"

苏倩倩的一席话讲得大家面面相觑,无言以对。空气中似乎有两股力量在交锋,处于难分难解的胶着状态。忽然,一阵冷风吹来,把一扇木质窗户弄得噼啪作响,吴永仁起身去关好窗户,踱回自己的座位时,大家都拿眼觑着这位新任班长。

吴永仁苦笑着说:"公说公有理,婆说婆有理,要不还是听听郝老师的意见吧。"

苏倩倩说:"发展团员是团支部的事,团支部有这个权利,我相信郝老师会支持我们的决定。"苏倩倩对吴永仁和稀泥、踢皮球的态度颇为反感。

苏倩倩看了看齐天,大伙儿也看着齐天,这个因为杨凡的一票而被迫下台的前任班长将手头的书本轻轻合上,朝苏倩倩淡淡一笑。

苏倩倩说:"你是监察委员,我们很想听听你的意见。"

一直没有表态的齐天开口了:"作为前任班长,在杨凡入团的问题上,我是负有责任的,我们的确忽略了他的尊严和感受,班委和团委也没有真正关心和帮助他。他是一位特殊的同学,我们是不是也应该有一些特殊的对待方式,不要拘泥于条条框框,不要有过多的顾虑和负担。刚才苏倩倩说得很在理,团组织应该引导每一个同学向健康良好的方向发展,作为杨凡的同学,我们不帮他走出困境,还有谁来帮他呢,所以我投杨凡一票。"

齐天的发言不紧不慢,但每个字都能掂出分量,这让在座的同学很是吃惊,他们万没想到齐天会有如此宽广的胸怀和容人的气度。

王淑敏建议举手表决。

齐天第一个举起手来,接着是苏倩倩和宣传委员叶紫,其他团员彼此看了看,也慢慢地举起了手。只有三个反对,一个弃权。

就这样,杨凡从初中拖到高中的入团问题总算被苏倩倩解决了。大家像是刚从睡梦中惊醒,带着一脸的狐疑和困惑,脸上的肌肉还在松弛和紧张之间努力做出平衡。尤其让他们吃惊的是,那晃晃悠悠举着的确乎是自己的手臂,真真切切。

开完会,实验室内只剩下苏倩倩一个人。她长长地嘘了一口气,心想:这是全体团员进行民主表决的结果,郝老师那边不该有什么异议,她总得尊重群众的意见吧。

她一边看着会议记录,一边回想刚才的场面,忽然扑哧一下笑出声来。

"看你得意的。"一个声音从外面传来,是"零食部长"许薇。她像小兔子一样蹦跳到苏倩倩面前,拉住苏倩倩的手问:"听说你们刚才讨论杨凡入团的事了?"

苏倩倩点点头,又说:"下一个发展对象是你。"

"饶了我吧,入团有什么好,除了吃苦,啥也吃不到。"

"你就知道吃。"

"何以解忧,唯有吃喝。这一年到头不是上课就是考试,再不吃好点,还有什么乐趣可言?"

苏倩倩笑笑。

忽然，许薇神秘兮兮地说："有件事不能不告诉你，是关于杨凡的。"

苏倩倩一愣："又是杨凡，他又……"

许薇贴着苏倩倩的耳边嘀咕了几句，苏倩倩大吃一惊。

许薇又说，这事儿实在不体面，尤其是在他入团的这个关口。

苏倩倩脸上的笑容旋即消失得杳无踪影。

世间最美的笑容

苏倩倩深信,许薇不会跟她说假话,但她还是有点将信将疑,决定亲自去食堂侦察一番。这天午饭时分,苏倩倩约许薇去食堂吃午饭,然后隐藏在一个殿柱旁悄悄守候。约莫一刻钟后,只见杨凡来到食堂,在窗口刷过饭卡,端着饭盘走到一个不起眼的角落……不一会儿,苏倩倩就看见他飞快地把身旁的剩菜刮到自己的餐盘里。这情形像黑白默片中忽闪而过的镜头,虽然无声无息,却重重地撞击着苏倩倩的心门。

她终于明白杨凡为什么总是选择在这样一个特定的时刻悠悠地踱到食堂,也终于明白为什么在午饭时分他总是一副失魂落魄的神情。如果不是亲眼所见,苏倩倩是无论如何也不会相信在阳光明媚的校园里还会有如此惨淡的画面。

那一刻,她仿佛坠入一个深不见底的黑洞,洞里回荡着一个苍老的声音：知道吗，这就是贫穷，你看不到光亮，你辨不清方向，你的周围是黑色的风和黑色的雨，你的脚下是无边无际的泥淖。苏倩倩似乎懂得了什么叫深入骨髓的无奈，贫穷并不仅限于物质本身，而是连带着精神的双重煎熬。

苏倩倩的眼泪在眼眶里打转。

此刻杨凡会想些什么，还是什么都没想，她无从知晓也无暇多想，她只能拽着许薇赶紧逃离这里，仿佛偷吃剩菜的不是杨凡而是她苏倩倩。她不忍心多看一眼，更主要的是，如果她俩"偷窥"的行为被杨凡撞见，后果无法想象。

这天上午，最后一堂课是郝老师的英语课，拖堂是郝老师多年养成的习惯，她的理念是：一个只知道吃喝拉撒的学生是成不了大器的，必须"饿其体肤，空乏其身"，然后"天将降大任于斯人"。终于挨到下课，学生们朝食堂蜂拥而去，只有苏倩倩还坐在座位上，她让许薇先走一步，她要把讲义上的一道数列题解决掉。教室里还剩下三四个同学，有的在泡方便面，有的在啃汉堡包，还有的在吃家里带来的便当。大约过了一刻钟光景，苏倩倩一抬头，发现教室里没了杨凡的身影，便匆匆忙忙地赶往食堂。路上她遇见高明明和魏阳，两个人正吐槽食堂的饭菜难吃。她来到食堂西北角的一个窗口，一眼就瞥见杨凡刚刚打好饭，正东张西望地物色一个适合他的位置。苏倩倩窃笑，她买了三四份大荤，食堂的红脸师傅盯着她发愣，苏倩倩嬉笑着说:"我胃口好。"然后,她小心翼翼地端着一大盘饭菜来到杨凡对面的座位坐下。

"嗨,真巧。"

"嗯。"杨凡极不自然地回应了一句。他瞅了瞅苏倩倩餐盘里的红烧鱼、回锅肉、炸鸡腿和油焖大虾,又看了看自己碗里的清汤泡饭和白菜豆腐,脸上闪过几丝难堪。

"你今天怎么这么迟?"杨凡问。

"被讲义上最后一道数列题卡住了,费了半天神,愣是拿它没辙。你做出来没?"

"做出来了。"杨凡回答,又埋头扒他的饭。

"嘿,我怎么忘了,你是解题能手,待会儿请你帮忙,不许推辞。"

"小事一桩。"

"这还差不多,那我先表示一下谢意吧,请用。"苏倩倩说完,指了指面前的饭菜。

"不成不成。"杨凡把头摇得像拨浪鼓。

"你帮我解题,我请你吃饭,这交易划得来。"苏倩倩又笑着说,"嫌我这拜师宴不够丰盛,还是恋着你这碗清汤泡饭?"

"不是不是……你怎么会吃这么多?"

"吓着你了吧,我可是牛胃口加猪肚子,我说话的工夫可以解决一杯牛奶、两块蛋糕、三个苹果、四根烤肠、五个小笼包,还记得《红楼梦》里的刘姥姥吗,'老刘老刘,食量大如牛,吃个老母猪不抬头'。我跟她有得一拼。"苏倩倩说完鼓起两腮,杨凡止不住笑了。

"开吃,再跟我啰唆,我可恼了!"苏倩倩示意杨凡动筷子。

杨凡起初觉得很别扭,不仅因为这是他平生第一次接受一个女孩的请吃,更是因为自己的落魄和赤贫一览无余地显露在对方面前。一种无法言说的情绪缠绕着他,那握筷子的手变得僵硬而沉重,动弹不开。当他闪躲的眼神撞上苏倩倩那双漾着柔情的眸子,又想起这位与众不同的女生为自己所作的种种努力,杨凡的脸上生出几分坦然和笑意。苏倩倩又催他:"动筷子呀,菜都凉了。"

杨凡夹了一块红烧肉。

"杨凡,你可以提交入团申请了,我和齐天做你的入团介绍人。等考核期满,由团支部召开支部团员大会,不用担心,大家都很支持你入团。"

"是吗?没想到。我以为你是说着玩的。"杨凡拿筷子的手微微颤抖。

"本姑娘除了能吃,还有一点,就是认准了一件事,九头牛都拉不回。"

"谢谢……"话没有说完,杨凡忽然感觉心窝里像有无数个小虫在蠕动,眼眶里滋生出液体状的东西,面前的饭菜霎时变得模糊起来。他使劲憋着,心里在说,千万别这样,一个男生在女生面前泪眼婆娑的,会让人家笑话。

苏倩倩说:"我去打点热汤。"边说边站起身来。当她端着一碗冒着热气的冬瓜汤走来时,杨凡已经平静下来。

"入团的事让你为难了。"杨凡说。

"没什么,这原本是你自己努力的结果,还有大家的支持,特别是齐天。"

"齐天?"杨凡一愣。

"是呀,那天是他坚定地站在我这边,投了你一票,他的这一票也带动了大家。"

"谢谢你们。"杨凡说这话时的腔调有些干燥,还夹带着几分惭愧。他看着碗里堆得满满的鱼肉,连忙说:"我吃不下了。"

苏倩倩没理会,还是不住地往杨凡的碗里夹菜:"慢慢吃,反正也不着急,看你像个瘦猴似的!"又说,"你应该相信,大多数同学对你还是友善和关心的,这件事就是明证。如果我们都把别人往坏处想,这个世界就麻烦了。"

杨凡没有吭声。

回到教室,杨凡帮苏倩倩解决了那道数列题,也算是投桃报李,两下扯平了。

此后，苏倩倩时不时找些数学题或其他似乎非杨凡不可的事让他做，然后"名正言顺"地请杨凡到食堂打打牙祭。对于苏倩倩的"蓄谋"，杨凡不是没有怀疑过，但他理智坚定而内心摇晃，最终还是经不住胃囊的撺掇，乖乖投降。

※

苏倩倩的过度开销让妈妈黄诗丽心生疑窦：女儿并不是一个大手大脚的人，最近也没见她买什么东西回来，却时不时向自己伸手要钱。吃完晚饭，苏家人像往常一样在客厅里闲坐。苏倩倩盘腿坐在沙发上，用手来来回回地捋着"猴哥"的毛皮。苏正康生性恬淡，不爱应酬，空闲时喜欢宅在家中喝茶看报，此刻正跷着二郎腿浏览《参考消息》。

"倩倩，最近学校是不是经常收费啊？"妈妈一边打毛衣，一边试探着问。

"没有收费。忘了告诉你们，上次说过的那个男同学，你们知道他有多难吗？你们绝对想不到。"

黄诗丽摇摇头："这可不是你该操心的。"

"他经常在食堂吃别人的剩菜，如果不是我亲眼所见，打死我也不信。"

苏正康感叹道："我们有愧呀，这世上有些人的困难远超我们的想象啊！"

黄诗丽说："这倒很少见，怪可怜的，于是你就学雷锋助人为乐，是吗？"

"对对，老妈的悟性真高。"苏倩倩朝她妈竖起大拇指，又学着出家人双手合十，"'救人一命，胜造七级浮屠。'可怜我这一番好心，人家还不一定领情，所以还得变着法子请他吃。"

"你个小小团支书，把自个儿当大干部了。"黄诗丽揶揄道。

"大干部做得还不一定有我女儿好呢。"苏正康说完，端起茶杯喝了一口茶。

"妈不反对你帮助别人，也不反对你交朋友。但有一个原则，要看交什么朋友，有些人值得交，有些人不值得交，要拎得清。"黄诗丽随时随地不忘向女儿灌输她的三观和人生经验，又问苏倩倩班上是不是有个叫齐天的男生。

苏倩倩点头说："他是我们班前任班长，现在是监察委员。"

"他妈妈跟我都在人民医院，她在脑外科。他爸跟你爸也熟，常在一起开会。"

"哦，是这样啊。"苏倩倩将搂在怀里的"猴哥"放到地上。

"齐天的家庭出身，一般同学可比不上，你该多跟他交往。"

"我说呢，原来是有目的的。不过呢，本小姐专爱和家庭困难的同学交往。"苏倩倩一噘嘴巴。

"又是这么个怪腔怪调,老苏,这都是你从小惯的!"黄诗丽将矛头指向苏正康。

苏正康一脸委屈。"这可怪不得我。"又说,"女儿有爱心,愿意向暂时困难的同学施以援手,难能可贵嘛!如今这社会缺的不正是这种博爱之心吗?"

苏倩倩笑着说:"还是我爸思想境界高,到底是当领导的,就是不一样。"

"你好好干,没准将来会成为第二个撒切尔夫人,中国的铁娘子。"苏正康说。

"嘻嘻,我可不想当什么铁娘子,我更想成为特蕾莎。"

黄诗丽朝地上呸呸了两声,批评苏倩倩:"做什么不好,做什么特蕾莎!"

苏倩倩吐了吐舌头,笑着说:"有老爸给我撑腰,我干劲更足了。"苏倩倩站起身,凑到苏正康的耳旁嘀咕了一通。

苏正康哭笑不得:"你真把咱家当慈善机构了。"

※

第二天早晨,一连几天的阴雨终于停息了,寒冷而潮湿的空气中弥漫着一股土腥味,太阳透过厚厚的云层露出半个笑脸。鸟雀在树枝间兴奋地穿梭,卖弄它们婉转的歌喉。杨凡像往常一样拄着拐杖,拖着疲乏的身子来到学校。

每天,杨凡和妹妹小苹送完报纸,然后匆匆忙忙地乘坐公交车赶往学校,经常顾不上吃早饭。上完早读课,其他同学纷纷涌向食堂买早点,而杨凡只喝点白开水抚慰一下饥饿的肚子。一来二去的,胃就落了点小毛病。几天前,他又抱着肚子,黑着脸趴在课桌上。

苏倩倩见状,走到他跟前问:"杨凡,你怎么啦?"

杨凡说:"没什么,胃不太舒服。"

"你吃早饭了吗?"苏倩倩问。

杨凡摇摇头:"来不及。"

"我估计你没吃早饭,人一天的营养百分之八十来自早餐,这可是营养专家说的。"苏倩倩郑重其事地说。

杨凡没有吭声,继续把脸埋在胳膊里。

苏倩倩轻轻叹了口气,回到自己的座位。

次日早晨,杨凡一落座,便觉得空气里不大对劲,一股极其诱人的香味直往他鼻孔里钻。四周并没有同学吃点心,他纳闷了一阵,便伸手到桌肚里取书本,忽然碰触到一个圆鼓鼓的纸包,拿出来一瞅,纸包上写了一首打油诗:

人是铁，饭是钢
不吃早饭饿得慌；
莫问蛋糕何处来，
且说此物香不香？

  柔中带刚的字体，每个字都仿佛在冲着他顽皮地笑，杨凡忍不住笑了起来。他拆开纸包，一个黄灿灿、油乎乎、松软温热的夹心鸡蛋糕出现在他眼前。他意志薄弱的胃囊哪能抗拒如此强大的诱惑，早已按捺不住地颤动起来，怂恿杨凡不能错过这顿美味。杨凡咬了一口，细嚼慢咽，余香沁入心脾，继而扩展到全身。他一抬眼，恰好看见坐在左前方的苏倩倩正朝他展颜一笑，清澈的眸子，微微上扬的嘴角，还有面颊上那两个笑意盈盈的酒窝……那是杨凡至今所见最美的笑容。
  杨凡腼腆地低下头。
  和煦的阳光穿过窗户玻璃，投射在课桌和书本上，杨凡能清晰地看见一粒粒尘埃在阳光下翩然起舞。
  此后的早晨，常有一个美味点心悄悄地藏在桌肚里等着杨凡。杨凡每每在满足和惶恐之间幸福地摇摆，剧烈地斗争，最终还是乖乖地就范。

※

这一切自然逃不过监察委员齐天的眼睛。他的死党"跳蚤"见他常常瞄向苏倩倩座位的方向,便笑着试探他:"咱们的团支书可是一股清流啊,人美,心善,境界高。"

"你究竟想说什么?"齐天瞟了他一眼。

"嘻嘻,没别的意思。"

"我知道你小子想说什么,把你那点小心思收起来吧,我齐天是什么人你不知道?"齐天用手指点了点"跳蚤"。

"知道知道,你齐天可不是一般二般的人物!"

"算你有见识。"

……

不过,一向志得意满的齐天近来心境有些寥落。

从小到大,齐天是一只沐浴着阳光的白鸽。他爸爸算得上本城的头面人物,他妈妈是市人民医院脑外科的专家。不过,齐天从来不在同学面前炫耀自己,因为他自带光芒,压根不需要借助父母为自己加分。上小学起,齐天就不是普通的角色:从"三好生"到"三道杠",从"文明标兵"到"智慧之星",他几乎囊括了一个学生能拥有的所有荣誉。年少的齐天看上去非同寻常,挺拔的身材如迎风傲立的小白杨,配上一张有棱有角、精致耐看的瓜子脸,整个人显得光彩照人。上高中后的齐天除了学习，每天附加的功课便是对着镜子琢磨自己，他常常会有新的发现，比如觉得自己笑起来很温柔，迈步走路的姿势有些潇洒，深沉起来又显得冷峻。当然，齐天并不想只做一个徒有其表、缺乏内涵的"奶油小生"，他弹钢琴，学油画，练拉丁，流连于各类博物馆，还经常跟随父母出入于这个城市有名的社交场所。

齐天徜徉在自己的精神世界恬然自安，直到苏倩倩的出现，他的世界忽然起了波澜。

这个来自上海的女生，有着一头奔泻的披肩发、泉水般的瞳子、蔷薇花瓣似的嘴唇和大理石般光洁的脖子。她的一颦一笑，一回眸一低头都让齐天暗暗惊叹。人常说"美女无慧，才女无貌"，而苏倩倩却恰恰是秀外慧中、冰雪聪明。他想，如果他做班长，倩倩做团支书，那真叫"珠联璧合"，可偏偏逢上改选，偏偏跟那个吴永仁争了个旗鼓相当，偏偏杨凡的一票直接让他惨淡落选。这是他平生第一次遭受重创，而且是当着天使女孩苏倩倩的面。幸亏郝老师给他安排了监察委员一职，几天后，他又升任学生会副主席，总算捞回点面子。

苏倩倩对杨凡的关爱和厚待，令他对这个女生又平添了几分敬意。她的慈悲心怀打动了他，终于使他做出力挺杨凡入团的举动。

不过，她会领他的情吗？一向自信的齐天忽然恍惚起来。

乍暖还寒

这些日子，高二（3）班最热门的话题不是动画，也不是韩剧，而是苏倩倩给杨凡送点心的事。这让班上大多数男生的内心如打翻了五味瓶。他们费尽心机、千方百计地想取悦苏倩倩，却没有赢得苏倩倩的半点青睐，反而让杨凡独占了花魁。

他们拍着杨凡的肩膀，说你小子运气可真好。高明明看见魏阳又拿着小圆镜左看右瞧，便泼了他一头冷水："照什么照，人家都不拿正眼瞧咱们。"又说："你这身上的古龙水就是从头抹到脚都没用。"魏阳没好气地回他："我就爱照，我就爱抹，关你什么事！"

语文老师在黑板上写下"塞翁失马，焉知非福"的成语，底下的男生一起拿眼睃着角落里的杨凡。他们想不明白，苏倩倩，这个天使般的女生怎么会对他如此关心，帮他入团，请他吃饭，还给他送美味点心。那点心不用吃，看着就美，这种关心让男生们心里五味翻腾，百感交集。高明明脸上的每一寸肌肤都溢着嫉妒和羡慕，他时常在魏阳耳旁嘀咕。

齐天倒是一副雍容大度的神态，骂一群男生小肚鸡肠，心眼比针尖还小。又说，这叫大爱无疆，叫悲悯情怀，这正是人家苏倩倩令人敬佩的地方，你们懂吗？男生们便激他，不懂不懂，苏倩倩对我们漠不关心，我们也都认了，可你呢，苏倩倩为什么不给你送点心。

齐天摇头，笑他们太浅薄。

对于同学们的议论，杨凡或付之一笑或保持缄默，并没有往深处想。他只是觉得从前备受冷落，如今又备受关注，这种冰与火一般的温差让他有些无所适从，甚至惶恐不安。他并不祈求他们的友爱，只希望他们能让自己平静地生活在他们中间，安然地度过未来两年的高中生涯。

然而，这只是杨凡的一厢情愿罢了。

杨凡每天早晨起床后的第一件事就是和妹妹一起送报纸，送完报纸再坐公车往学校赶，难免会有些耽搁。他迟到过几次，为此苏倩倩提醒过他："你如今是团员，不要给人口实。"杨凡没有为自己辩解，只是再三警告自己以后不能迟到，不能让苏倩倩难堪。这天早晨，杨凡的眼皮像粘了胶，又看妹妹睡意正酣，稍微多睡了片刻。等他送完报纸再去上学，毫无疑问地又迟到了。

他狼狈地站在教室门口,神情沮丧。

今天轮到魏阳值日。魏阳不失时机地行使他的权力:"杨凡,这个月你已经是第三次迟到,按照班规,你得在外面站半小时。"这时,高明明也姗姗来迟,递给魏阳一张预备好的纸条,又拍了拍他的肩膀,大摇大摆地走进教室。魏阳涎着脸说:"人家有病假条,你没有。再说,你是团员,团员必须以身作则。"

那天没有太阳,又刮着北风,杨凡拄着拐杖在走廊里站了半小时,冻得牙巴骨直打战。进教室的时候,他垂着脑袋,不敢看苏倩倩。

※

当天下午的体育课,杨凡因为腿脚不便,体育老师让他待在教室里自习。王淑敏因为闹肚子,也没有去操场。

杨凡正要往厕所走,被王淑敏叫住了:"杨凡,这道数学题怎么做,你教教我。"

杨凡过去瞄了两眼,摇了摇头。

王淑敏撂下脸来:"怎么?人家是团支书,不是请你吃饭,就是送你点心,你就巴巴地教人家。我如今什么都不是,你就摆谱装不会了。"

一席话呛得杨凡百口难辩,无言以对。这个前任团支书自打落选,看谁都不顺眼,成天拉着一张苦瓜脸,说话像吃了枪药。

杨凡正要走,王淑敏又咕哝道:"你入团,我可是举手同意的。"

杨凡没理她,径自走了。

周三的大课间,几个女生围着王淑敏,问她身上的米色风衣在哪儿买的。

"我表姐到上海出差,捎回来的。五百元哩。"

"哇,这么贵啊。"

女生们都夸这风衣设计新潮,做工别致,又建议王淑敏走几步,找找感觉。

经不住几个女生的撺掇,王淑敏便把教室的过道当作T台,学着模特儿来来回回地走起猫步。正巧齐天抱着一只篮球,从外面闯进来,王淑敏扬起脸问他怎么样。

"什么怎样?"齐天一时没反应过来。

几个女生捂着嘴窃笑。

"这风衣啊——我穿的这风衣啊。"王淑敏提示他说。

齐天托着下巴,上下打量着王淑敏:"你是要我说真话还是假话?"

"算了，真话假话都不会是什么好话。"王淑敏有些扫兴，又看了看苏倩倩那张座位，她忽然想起今天是周三，苏倩倩去开团支书例会了。她心里空落落的，以前，这是属于她的"专利"。

齐天朝吴永仁嚷了一声"还不练球去，明儿就要比赛了"，便抱着篮球蹦跳着走出教室。

王淑敏又迈着模特步走到教室后面，瞥见角落里的杨凡，正想转身，忽又停下来："杨凡，你说，我穿这风衣怎样？"

"我不懂这个。"杨凡赶紧低头，唯恐避之不及。

"你不是什么都懂吗？"王淑敏乜着眼，话语里分明带着讥讽，还有几分挑衅。

杨凡预感到她要说什么，将脑袋埋得更深。

"哼，连你也——"王淑敏转身时，一脚勾倒了杨凡搁在坐椅旁的拐杖。"哐啷"一声钝响，拐杖躺倒在地板上。几个女生又发出咪咪的笑声，王淑敏回头冷冷地瞟了杨凡一眼。

"你——"杨凡的心窝仿佛被人戳了个窟窿，他强压怒火，低声说：

"请把我的拐杖拾起来。"

"让我给你拾拐杖？我没有听错吧？姐妹们，你们听到没有？"王淑敏大声叫嚷起来，满脸无辜的神色。

几个女生偷笑着，嘀嘀咕咕起来。

双方正僵持着，听到一个女生说："苏倩倩回来了。"杨凡忽然想起苏倩倩跟他说过的话："人与人相处有矛盾和纷争，多是因为误解对方，总是把对方往坏处想。"他的一腔怒火慢慢只剩下余烟，他想他不能让苏倩倩为难，不能辜负她的良苦用心。于是，他挪动身体，弯下腰，自己拾起了拐杖。

※

第二天下午，最后两节课是活动课，同学们欢呼着冲下楼去，他们要和高二（4）班举行一场篮球联谊赛。这是高二（3）班自新的班委组建以来第一次联谊活动，新任班长吴永仁一心要树立自己的威望和形象，从发邀请、贴海报到组织训练，都下了一番功夫，只等在球赛中一展高二（3）班的"雄姿"了。苏倩倩负责球赛的后勤服务，让杨凡跟她们在一组。杨凡怕苏倩倩说他脱离集体，只好硬着头皮跟她们来到篮球场。

看着男队员一个个换上印着白色号码的球衣，生龙活虎地在他眼前舒展筋骨，杨凡整个人如同掉进了冰窖。他努力挤出笑容，装作毫不在意，内心却隐隐作痛。强烈的自卑感像章鱼伸出的触爪将他紧紧缠绕，他几乎站立不住，身体如游丝一般虚弱。

苏倩倩见杨凡神色黯然，便走过来对他说："交给你一个重要任务。"杨凡一愣:"什么任务?"苏倩倩说:"看管队员们换下来的衣服,没问题吧?"杨凡笑笑:"没问题,交给我。"苏倩倩又让一个女生找来一只塑料凳,让杨凡坐下。

篮球架下,齐天和几个男生说笑着将换下来的衣服搁在一块毡子上。

这个说:"杨凡,我口袋里有一只钱包,你看好啊。"

那个说:"我口袋里有刚充过值的饭票,交给你啦。"

齐天扬了扬戴在手腕上的名牌表说:"其他无所谓,这块表帮我看着点,拜托。"

高二(3)班篮球队的实力在本年级算不得雄厚,但在以往与高二(4)班的对垒中总能占据上风。这主要得力于齐天。齐天一上场,立即引起众人瞩目,他的球艺和他的外表一样出众,矫健如虎的身姿,快如闪电的身手,腾挪跳跃,左冲右突,一连两个三分球,博得全场阵阵喝彩。女生们扯开嗓子叫喊着齐天的名字,又蹦又跳,如同上足发条的铁皮青蛙。第一场下来,高二(3)班以绝对优势轻松获胜。

齐天和队员们挥洒着一头汗水,带着满脸的骄傲和自得下场休息。女生们立即蜂拥而上,递毛巾,送茶水,犒赏她们心目中的英雄。她们夸齐天发挥超常,高二(3)班多亏了他。又说齐天一上场,4班那帮小子就变成笨狗熊。

苏倩倩给齐天递了一瓶可乐,连声说:"没想到你成绩这么好，篮球还打得这么棒，难得难得。"

齐天笑着说："能得到你的夸奖，才叫难得呢。"他一甩头发一仰脸，将一瓶可乐喝了个底朝天。

随着哨声响起，第二场又拉开帷幕。齐天抖擞抖擞，再次披挂上阵。比赛一开始，齐天又一连投了几个漂亮的球，赢得如潮的掌声。过了一刻，忽听齐天哎呀一声，抱着一只脚跌坐在地上。场下一片惊呼，苏倩倩忙派两个男生将齐天搀下球场。齐天恨恨地对苏倩倩说，都怪这脚不争气，要拖累班级了。苏倩倩安慰他说，没关系，徐子涛替你上场了。几个女生跑过来嘘寒问暖，齐天忙把她们赶走："别管我，快去给他们加油助威。"

对方一看高二（3）班折了个得力干将，士气陡增，他们瞅准机会，不断出击，频频进球。吴永仁看到对方占了上风，心急如焚，手忙脚乱，指挥连连失误。徐子涛带球奔跑时被对方抄球抢断，高明明竟糊里糊涂地把球传给了对方。场下同学一片嘘声，有的跺脚，有的挥手，有的捋着衣袖干着急。一场角逐下来，高二（4）班竟以两分之优战胜了高二（3），他们欣喜若狂，一副小猫得胜欢似虎的样子。而3班队员一个个像斗败的公鸡哭丧着脸，怨天尤人，互相责怪。齐天把吴永仁叫过来，如此这般地教了一通。

决定胜负的第三场一开始，球场上便弥漫着一股浓浓的火药味，一方要雪耻，一方要守成，双方你来我往，难分雌雄。场下两个班的啦啦队也不甘示弱，比试音量和气势。篮球在队员的头顶上飞来飞去，所有的目光都聚焦在一只横空飞越的球上，球在头顶飞，脚在地下跑，就在这时，徐子涛突然被一只脚绊倒了，摔了个嘴啃泥，场下又是一片惊呼。徐子涛坐在地上骂骂咧咧。

双方队员开始互相指责，气氛也越来越不对劲。

苏倩倩走到球场中间，拿起小喇叭叫大家冷静，然后指着悬挂在一边的横幅说："请大家不忘了横幅上的两句话，'友谊第一，比赛第二'。咱们两个班比赛，既要赛球技，更要赛友谊，赛一赛谁能体谅对方，赛一赛谁的境界高，请大家好好想一想。"

齐天也被人扶着走上场，劝慰了双方几句，然后向吴永仁建议休赛散场。

吴永仁便说："比赛到此结束，大家都收拾收拾回班去吧。"

……

齐天跷着脚去换衣服。

"糟糕，我的手表丢了。"齐天忽然大叫起来，他翻遍了几个口袋，都没找到，"我记得放在上衣口袋里的。"

他的手表失窃了，这立即引来一群围观的同学，苏倩倩也来了。

"那是我妈去香港旅游买的,这下麻烦了!"

众人又帮他在篮球架周围找了一圈,还是没有找到。

"我倒无所谓,回家没法交代了。"齐天哭丧着脸。

"杨凡,你怎么看的嘛!""跳蚤"愤愤地看着杨凡。

吴永仁正为这场篮球风波而懊恼,也把气撒在杨凡身上,没好脸色地说道:"你真是,净给我们添乱。"

众人的目光齐刷刷地聚焦在杨凡身上,那些纷纭杂沓的眼神像一支支呼啸而来的利箭射向杨凡,直戳他的心窝。杨凡全身微微震颤,额头上冒出细细的汗珠,脸涨得通红。

他深知,自己遭人怀疑和鄙薄,不一定是因为自己品行不端,而是因为贫穷和卑微。如果自己跟齐天一样有好的出身和优渥的家境,他们还会用这种眼光看待自己吗?

"对不起,我……"杨凡嗫嚅着。他意识到,纵然有一百张嘴,也没办法为自己洗白。他只能把自己所有的衣袋翻给大家看。

"杨凡,别这样,大家不是怀疑你。明摆着的,一定是有人趁乱打劫,偷走了手表。"苏倩倩断言。

众人点头。

"这小偷太可恶了。"

"何止可恶,简直可怕,也许他就在我们身边。"

众人面面相觑，恨不能讨来照妖镜一个个验明正身。

高明明一时义愤填膺，便咬牙切齿地叫嚷着要为民除害。吴永仁也没忘记自己是一班之长，询问大家："现在的问题是，这事该怎么解决？"

"那还不简单，有本事就去把手表找回来，没本事就照价赔偿呗。"魏阳说。

"上哪找？"齐天苦笑。

"那就让杨凡赔你！不能让你吃哑巴亏吧？"几个男生说。

齐天说："说得轻巧，杨凡家的条件你们不是不知道，让他拿什么赔？算了算了，丢了就丢了吧。"

齐天的慷慨大度和善解人意赢得苏倩倩的由衷赞许，她对齐天说："没想到你心胸如此宽阔，佩服佩服。"

"没什么，大家都是同学，这事儿不能怪杨凡！"齐天说。

就在众人七嘴八舌盛赞齐天的时候，一个微弱的声音灌入他们的耳朵：

"我赔！"

红薯飘香

球赛事件让新任班长吴永仁出尽了洋相，事后郝老师找他了解原委，他支支吾吾了半天都没有说清楚。他也闹不明白：好端端的球赛怎么瞬间就变了味。他愈想愈觉得窝囊，觉得自己实在不是一块当班长的料，没有金刚钻，就不该揽这瓷器活。他向郝老师提出辞职，郝老师有些恼火：想出风头的是你，想撂挑子的也是你。她没有同意，要他多去请教监察委员齐天。一连几天，吴永仁都是蔫着脑袋，说话也没有底气。他能猜到同学们在背后怎么议论他，倒是齐天一瘸一拐地，时常安慰他，叫他别有思想包袱，放手工作。吴永仁为自己当初与齐天争夺班长一职羞愧不已。

最愁的还是杨凡，当时脑瓜一热，决意要赔偿齐天的手表钱，可事后一想，这笔赔偿金抵得上他小半年的生活费。他原本就囊中羞涩，送报纸挣的钱刚给他妈还了王驼子的旧债，如今是囊空如洗。他越想越气馁，整日凄凄惶惶，不知所措。可是说出去的话如同泼出去的水，绝无收回的可能，何况他也不是那种出尔反尔的小人。

一天放晚学，郝老师叫苏倩倩跟她去一趟办公室，苏倩倩让杨凡在"兰亭"等她一会儿。过了一刻钟光景，苏倩倩急急忙忙地赶来了，说郝老师问她球赛的事。

"你怎么看这次球赛？"杨凡问。

"我总觉得这事不那么简单，但我又拿不出证据。"

"我也感觉有些蹊跷，但也仅限于感觉。"杨凡又问，"你找我有事？"

苏倩倩叫杨凡坐下说话，两个人一个坐在树墩上，一个坐在石凳上。苏倩倩将长发往后拢了拢，慢条斯理地说："丢手表的事我也有责任，如果不是我让你去看管衣物，你也不会遇上这么倒霉的事，要赔就让我赔吧。"轻描淡写的几句话，恰似一道强大的电流从杨凡的身体穿越而过，让他的心房震颤不已。这个女生总是在自己最落魄最无助的时候突然降临在他的眼前，像上帝派来的特使。

杨凡的眼圈有点潮湿，于是扭过头去，望着右前方一棵枯瘦的玉兰树幽幽地问："玉兰树什么时候才能开花？"

苏倩倩说："要等到明年开春。"

"要是冬天也开花,多好。"杨凡说完叹了口气。

苏倩倩笑着说:"你什么时候也变得伤春悲秋了?"

杨凡凄然一笑,心想:还伤春悲秋呢,我都快喝西北风了,只恨这玉兰树不是摇钱树。他说:"手表的事我自己解决,一人做事一人当。"

"可是你……"苏倩倩话到嘴边又咽回去了。

"你不用担心,你不是常说要把我当正常人看待吗?再说,我既然承诺赔偿,就绝不会食言。"杨凡的倔脾气又上来了。

"那我帮你总可以吧!"

"有你这句话就足够了!"

※

杨凡在回家的路上思忖着,想让良叔再给他找一份工,可又不知道怎么开口。他在良叔家门口磨蹭了许久才慢慢踱进屋,见良叔跟桂英婶子正忙着腌咸菜,他也蹲下身子帮忙搓揉。

"早晨送报纸很苦吧?"

"习惯了就不苦。"

桂英夸杨凡能吃苦,有出息。

良叔说:"我朋友说你做事靠谱,没出过差错。"

桂英又说:"一个人吃了苦,受了罪,老天会看在眼里,记在心里，将来会补偿你的。"

杨凡谢了良叔，还说会把前阵子替他妈垫付的医药费还给他。

良叔摆摆手："不急不急，我不等着用。"

杨凡试探着问："良叔，要不……您再找点事给我干干，我能行。"

良叔把头摇得像拨浪鼓："不行不行，就送报纸这事，你妈还怨我呢。你毕竟是个孩子，还要上学，不行不行！"桂英也说："你这孩子，不要命啦？"

"我星期天闲着也是闲着。"

无论杨凡怎么说，良叔就是不松口。无奈之下，杨凡只得把赔偿手表的事告诉他。良叔夫妇大吃一惊："你妈知道吗？"

"我怕她犯病，不敢跟她说，只想自己解决，所以才求您……"

桂英在一旁感叹："这人要倒霉起来，喝凉水都塞牙，打哈欠都闪腰。"

良叔眉头簇成一道山峰，过了半晌，他说："倒是有一个活计，就怕你拉不下这个脸。"

杨凡忙问什么活儿。

"卖烤红薯。"

良叔边说边指了指屋角一个生锈的洋铁桶:"叔两年前做过这一行当,如果你拉得下这个脸,叔可以教你。"

杨凡立刻说:"只要能挣钱,我什么都愿意干。"

"就怕你妈又要怨我。"

"不会,我们一家感谢您还来不及呢。"杨凡笑着说。

接下来几天,杨凡每天放学后都要到良叔家泡上个把钟头,跟良叔学烤红薯。良叔告诉他,一定要把炭打碎压实,不然不好生火。又叮嘱他,烤红薯讲的是品种和火候,要选沙质的红心红薯,火要烧到180度。杨凡是个聪明人,从烧炉生火到控制火候,从辨识红薯品种再到调整烧烤位置,很快掌握了烤红薯的全套手艺。他把学烤红薯的事告诉苏倩倩,苏倩倩高兴得直拍手:"太好了,这个星期天我们就开张营业。你来烤,我来卖,保管生意兴隆。"杨凡不想拖累苏倩倩,他说:"我一个人干就可以了。"苏倩倩狠狠地瞪了他一眼:"你不让我帮你,是不是成心要陷我于不义?"杨凡只得闭嘴。

两人约好星期天上午八点在城北"家乐福"广场会合。

※

由于连日阴雨,杨凡担心天公不作美,然而星期天的早晨,他发现天边有鱼鳞状的云片,猜想今儿应该是个晴天。果然，等他和妹妹送完报纸回来，太阳已经从云层中钻出脑袋，给大地撒下千万道金线，遍地黄灿灿的，像镀了一层薄薄的金。杨凡大喜：天可怜我。时值旧历冬月，风刮在人们的脸上有如针扎，然而这些并不妨碍生意人做买卖，"家乐福"商场前的广场上车马喧嚣，行人如织，如过节一般热闹。

良叔用平板推车帮杨凡把装着烤红薯的洋铁桶推到广场上。广场上烤羊肉串的、卖梅花糕的、修自行车的、配钥匙的、算命打卦的，各忙各的营生。良叔被同伴叫走帮人搬家去了，杨凡找了个地方，开始张罗。毕竟是个不谙世事的中学生，又是头一回出来做买卖，杨凡的胸口像揣了一只小兔，不停地跳腾。他低着脑袋，还竖起衣领遮住半张脸，生怕被同学撞见。

杨凡烤熟了几个红薯，整整齐齐地摆放在铁桶上面，等待顾客来买。快半个钟头过去了，只卖出两三个红薯。他两手藏在衣袖里，守着黑咕隆咚的铁桶，像一只没捕到鱼的鸬鹚，满脸的落寞。

"喂，老板，买红薯。"一个瓮声瓮气、非男非女的嗓音从他的身旁飘来。

杨凡转头一看，满脸惊喜："倩倩，你来了！还以为你不来了呢。"

苏倩倩上身穿着米白色灯芯绒套衫，衬得她一张精致而白净的脸庞更加秀丽。一条水磨兰牛仔裤，一双白色耐克鞋，整个人看上去像一朵刚出水的莲花。她用手扶着小巧漂亮的"凤凰牌"自行车。

"怎么可能不来呢？路不熟。"她掏出印有卡通图案的手帕一边擦拭额头的汗珠，一边问杨凡生意做得如何。

杨凡摇了摇头，神情沮丧。

苏倩倩朝四下看了看，笑着说："亏你智商那么高，你看你选的这市口就不好，咱们得换一个地儿。"说完把自行车停放好，帮着杨凡推着铁桶四下找地方。一个拄着拐杖的瘸子，一个天生丽质的女生，外加一个黑乎乎的铁家伙，这奇异的组合不啻一幅怪诞的印象派画作，不时撞击着人们的眼球。众人的目光聚焦在两个人身上，杨凡脸红到脖颈，浑身像爬满了虱子。苏倩倩倒显得若无其事，从容淡定。他们在一个烤羊肉串的摊子附近安顿下来。

烤羊肉串的是一个满脸络腮胡子的三十多岁的男子，他一边往那羊肉串上撒着孜然粉，一边唱歌似的吆喝着。旁边围了不少人，生意十分红火。

苏倩倩觉得两个人这么干守着不行，得学人家烤羊肉串的大哥。杨凡犹豫了半晌，壮着胆子，试着叫了一声："卖红薯哦。"苏倩倩扑哧一声笑出来，杨凡霎时面红耳赤。他的叫卖声微弱得像蚊子哼，自己听了都觉得别扭。

"你这样不行,听我的。"苏倩倩摇头晃脑地想了一会儿,然后就扯开嗓子,大声吆喝起来:

"来来来,看一看,又香又甜的烤红薯。来来来,尝一尝,大哥大姐赏个光。"

一遍喊下来,苏倩倩的那张白净的脸也腾地变成了一只熟透的红柿子。一个斯文的女生,硬生生地把自己逼成了菜场大妈,苏倩倩自己都吓了一跳。可是不这样吆喝,这一堆红薯要让杨凡当饭吃三天。杨凡鼓掌说:"佩服,佩服!"苏倩倩说:"本姑娘豁出去了!"她一不做,二不休,又扯开嗓子叫了一通。杨凡也顾不得脸面了,跟着苏倩倩一起叫卖。果然,这招挺灵验,一对情侣模样的青年走了过来,价钱都没问,要了两个大个头的红薯。接着,又有个老大爷领着他的小孙儿,问这红薯怎么卖。苏倩倩一边回答一边给他挑选。

老大爷打量打量杨凡和苏倩倩,笑眯眯地问:

"你俩还是学生吧,怎么干起这营生啦?"

"勤工俭学嘛。"

"有志气。"

老大爷拿起一个烤红薯,剥了皮,尝了一口,连忙说:"烤得不赖,像那么回事。"小孙儿黏着老大爷嚷:"给我吃,给我吃。"苏倩倩望了望杨凡,两人会心一笑。一顿饭的工夫,他们连本带利卖了三十多块钱,杨凡扒拉着指头盘算了一会儿,除去红薯和煤炭的本钱，能落一半。两个人喜不自禁。

苏倩倩拿了两个烤好的红薯，递给在一旁卖羊肉串的"络腮胡子"，笑吟吟地说："大哥，尝一尝。我们初来乍到，还望大哥多关照，我们不是天天在这卖，一周就卖一次。""络腮胡子"跟她聊了几句，苏倩倩问："听口音，大哥是东北人吧？""络腮胡子"点点头，又提醒苏倩倩，"你们来生意了，快忙去吧。"

苏倩倩旋即回到杨凡那儿，两人一个烤，一个卖，做得像模像样，断断续续又做了好几笔生意。其间不乏一些浅薄之徒冲着青春靓丽的女老板买了一袋子红薯，然后边走边吃，还一步三回头地瞄上几眼。

"有不少人是冲着你来买红薯的，你看那个戴鸭舌帽的男人，又回头看你了。"

苏倩倩笑着说："由他看好了，还能不让人家看吗。"

杨凡壮起胆子，觑着眼瞅着苏倩倩，忽然说："我现在搞不清你是田螺姑娘还是琼霄仙子。"

苏倩倩没听明白，问他什么意思。

杨凡笑着说："你送早点给我吃，像不像田螺姑娘？你一现身就来生意，像不像法力无边的琼霄仙子？"

"我要真是神仙，还用得着站在这风口里帮你吆喝红薯么，我直接吹口气说一声变，钱就哗哗地飞来了。"

"哈,那倒没意思了,不过说句真心话,你站这儿是挺有人的。"

"是吗?你是损我还是夸我?"

"当然是夸你,我要是顾客,看见这么一个天仙似的女生卖红薯,哪怕当了这拐杖,也要买几个。"

苏倩倩笑着说:"头一回听你说俏皮话。"

两个人有说有笑,一看表,已经是下午一点半了。

苏倩倩说:"咱们得去解决肚皮问题。"

"对,庆祝咱们的红薯公司开张,我请客。"杨凡说。

"别忘了,你还有一屁股债要还呢,还是少得瑟吧。"苏倩倩提醒他。

在吃饭做东的问题上,苏倩倩一贯理直气壮,杨凡只有乖乖就范的份儿。

※

两个人把东西拾掇拾掇,用布盖好铁桶,就在广场附近找了一家小饭馆。饭馆名叫"爱月酒家",门面并不显眼,室内的装饰简单而别致。淡蓝色的墙壁上悬挂着各种黑白老照片,实木桌椅也是仿古风格。店里没有什么客人,一个女服务员坐在一旁剪指甲,两边悬挂的音箱里播放着姜育恒的歌。

老板是个中年男子,面容清癯,戴着眼镜,看上去像个教书先生。见有客上门,男子迎了上来。

苏倩倩拿着菜单,一边点菜一边不停地问杨凡喜欢吃什么。杨凡哪里知道什么菜好吃,只是一个劲地劝说苏倩倩,差不多就行了。苏倩倩根本不理会,一会儿问老板有哪些特色菜,一会儿又问杨凡砂锅鱼头爱不爱吃,虾仁炒饭要不要来点,能不能吃辣,有没有口忌,杨凡只得胡乱应答。终于,苏倩倩把菜单合上,笑着对老板说:"麻烦你们快点,饿坏了。"没过多久,小小的餐桌上摆满大大小小的盘子和锅盆,一时菜香四溢。苏倩倩又让服务员拿来两瓶果粒橙。

杨凡知道,苏倩倩是特意"款待"他的,她知道自己光景惨淡,没有下过饭馆。在这个坚硬的物质世界里,他是不折不扣的弱者,不得不接受苏倩倩的垂怜。他不知道这究竟是一种幸福还是一种悲哀,脸上的表情像斑驳的画布。

"为什么……经过多年以后,所有的过与错无法解脱?"

姜育恒略带沙哑的嗓音将《多年以后》低回婉转的旋律忽然推向一个高潮,如雪山突崩,狂风乍起,歌中爆发出的巨大悲怆与杨凡内心绵软的神经形成共振。杨凡终于把头埋在两条胳膊里,眼泪像断线的珠子掉在地板上,流成一条条江河。

苏倩倩的眼圈也红了,她推了推杨凡,把自己的手帕递给他,轻声说:"好了好了,人家看着我们呢。"

杨凡没接手帕，用衣袖抹干了眼泪，喃喃地说："我真不知道将来拿什么来回报你，只怕这一辈子都还不起。"他语气窈然，又补上一句，"如果我还有将来的话。"

苏倩倩笑着说："不要等到将来，你现在就得回报我。"

杨凡一愣，脸上露出几分惶恐。

苏倩倩指着杨凡大笑，杨凡不知所措。

"看把你吓的，我的意思是你每天都要笑一笑，那就是对我最大的回报。"苏倩倩说完，开了一瓶果粒橙，倒在两个杯子里。

"来，干杯，为我们的红薯公司！"

"为我们的友谊，干杯！"

他俩将杯子碰了一下，一干而尽。早已饥肠辘辘的两个人旁若无人，胡吃海喝起来，过了一阵，苏倩倩摸着肚皮说她吃撑着了，不停地用手揉着肚子。杨凡笑着说："你不是说自己是刘姥姥，能吃一头牛吗？"正说着，杨凡自己也打起饱嗝来，一块肉骨头从他嘴边溜走，又从桌上滚到地面。苏倩倩笑得前仰后合。

这时，一首二十世纪九十年代的老歌像云雾一般漫卷而来，歌声深情而凄恻。

让我听听你的声音

听你心里的每个跳动

那稀松平常的一些点点滴滴

在此刻加深

让我看看你的眼睛

在你的额头轻轻吻着

这虽然是平常的一个举动

再一次也不厌倦

苏倩倩问:"这是谁唱的歌?好听。"

杨凡说是杨庆煌,他的歌虽然质朴,但很有韵味。歌手仿佛阅尽人世沧桑却不失少年的纯真。

苏倩倩点点头:"我想起来了,《菁菁校园》那首歌好像也是他唱的,特别清新自然。"

两个人又聊起港台流行音乐。

"当年,港台歌曲之所以能风靡一时,是因为它们唱出了人们心中最真实的情感,更主要的是那些歌曲不是闭门造车,而是从生活中提炼出来的。"杨凡说。

苏倩倩说:"正是这样。很多港台歌手并没有专门学过音乐,有的还是半路出家,像姜育恒就卖过皮鞋油,当过建筑工,他们歌唱的是自己的性灵,所以感人。"

"确实如此，很多港台歌手把音乐当作生活或生命的一部分，他们唱的多是自己写的歌，能自由地表达自我。而有些歌手唱的是别人代写的歌，唱不出歌曲的原汁原味，于是只能靠脸蛋，靠炒作，靠包装。音乐离开生活就失去了灵魂，没有灵魂的音乐不会引起共鸣。"杨凡娓娓道来。

苏倩倩瞪大了双眼，杨凡对音乐的见识完全颠覆了她对他的固有印象。她情不自禁地夸奖道："想不到你对音乐这么有见地，没有想到，完全没有想到。"说完，她又两眼灼灼地盯着杨凡："你平常一定喜欢唱歌，是不是？"

"唱得不好，无聊的时候解解闷。"杨凡不好意思地说。

"哈，我又发现了一个文艺人才，下次联欢会要让你亮亮嗓子，把他们一个个全吓死！"

杨凡央求道："千万不要，会让他们笑话的。"

两个人从港台歌曲谈到巴洛克艺术，从斯多葛派的"接受命运"谈到鲁迅先生的"反抗绝望"。苏倩倩开始重新审视眼前这个贫穷而孤独的少年，她从杨凡深沉而忧郁的眸子里读出他精神上的一些特质：他有一颗比同龄人更为敏感和复杂的心灵，颓伤中带些昂扬，自卑里夹杂孤傲，愤激中透着无奈，他思想的小舟常常在此岸与彼岸之间来回摆渡。

她用探究的眼光看着杨凡微微涨红的脸。杨凡忽然问："今天我的话是不是有点多？"

"是有点多——不过，我很爱听你说话，你是'不鸣则已，一鸣惊人'。"

杨凡不好意思地笑了，笑容里透出几分稚气。

"你笑起来挺好看的，你应该常笑，答应我，你要用笑来回报我。"

杨凡点点头。

付账的时候，苏倩倩问老板为什么取名"爱月酒家"。老板说："月亮有时圆有时缺，都是常态；做人和做生意也一样，有时顺心有时失意，也是常态。"杨凡笑着说："小隐隐于野，大隐隐于市，没想到老板还是个隐居在街市的哲人。"

两个人往"家乐福"广场走，看到烤红薯的铁桶旁有个人影在东张西望，杨凡说是良叔。两个人加快了脚步，良叔问杨凡去哪了，又上下打量着苏倩倩。杨凡介绍说这是他班上的同学，来帮他卖红薯的。良叔啧啧嘴巴，夸苏倩倩心地善良，世上少有。

苏倩倩说："我哄我妈去同学家玩，这时候也该回家了。"说完跟杨凡、良叔道了别，骑上她的"小凤凰"飞走了。

杨凡跟着良叔回到家中，掏出口袋里的钞票数了数，发现比卖红薯应得的收入多出五六十元。杨凡一拍脑袋：一定是苏倩倩捣的鬼。

妹妹小苹问他怎么了，他说："遇见一个琼霄仙子。"

血在烧

齐天为人处世向来有板有眼，有章有法，这与他所受的家庭教育有很大的关系。球赛事件再一次向众人表明，谁才是高二（3）班真正的"男一号"。让齐天欣喜的是，"女一号"苏倩倩跟自己说话时脸上多了几分柔情，眼里闪出几分光焰，这种微妙的变化只有他齐天才能感觉得到。

隔壁班的"小四眼"又坐在教学楼前的花坛边开始吟风弄月，眼睛不时瞟向高二（3）班。"高公子"又坐在苏倩倩的课桌旁卖弄他剽窃来的冷笑话。

齐天摸着下巴冷笑。他绝不会当着苏倩倩的面赞美她，因为那不过是在重复别人说过的话。他会在课间给苏倩倩画一幅速写，然后博得她嫣然一笑。他还联系了一家敬老院，让苏倩倩组织团员们为老人送温暖，他帮老人倒痰盂、叠被子、洗脚丫,甚至为了一个患脑梗的老人打电话给他妈妈,让他妈妈联系大夫为老人诊疗,把敬老院院长感动得说不出话来。

一个大课间,别人都在忙着刷题,齐天却捧起《海子的诗》。

苏倩倩看到了,问他:"你也喜欢海子?"

齐天说:"我喜欢海子写的诗,但不喜欢他这个人。"

苏倩倩兴致盎然:"为什么呢?"

"海子的文学成就无疑是巨大的,但他的人生却是失败的,他在山海关卧轨是对生命的亵渎;他过于沉湎在自己的精神世界而不能自拔,忽略了生活本身,导致他在物质和精神之间失去了平衡。"

苏倩倩说:"你这个观点挺新颖,你是说,人生应该在物质和精神之间寻求一个平衡点,是吗?"

"正是,不仅如此,海子卧轨时身边带的书都是西方的书,我觉得他应该多读一些东方哲学,特别是咱们中国的老庄。"苏倩倩若有所思地点点头。

苏倩倩必须承认,齐天是这个校园里少见的有内涵和有教养的男生,他与年级里的那帮纨绔子弟截然不同。

苏倩倩领教过那些男生的浅薄和无聊。

自从苏倩倩转入这所学校,只要她在走廊里现身,一帮男生便会像蝗虫似的聚拢而来,朝着她喊叫:"美女来了!"后来不知是谁出的鬼主意，他们竟玩起"喊美女"的把戏，被喊的女生如果相貌平平，他们便笑得像抽风似的。女生们私下里互相告诫：听到有人喊"美女"，千万不要回头，否则自取其辱。这让苏倩倩惶恐不安。更令人惊诧的是，写给她的书信像纷纷扬扬的雪片一样连绵不绝。班上的女生跑到苏倩倩身边，扬一扬手中的信，恭喜苏倩倩，又拿出福尔摩斯探案的劲头琢磨信封上的笔迹。"福尔摩斯们"一时无法破解其中的秘密，便竭力怂恿苏倩倩拆开信件，苏倩倩虽觉得无聊，却也拿她们没办法，只当是同学间的玩笑。

有一次，苏倩倩对许薇说："写信的这些男生，有的只见过一面，有的就说过两句话，有的压根不知道是谁，他们却能洋洋洒洒，天上地下地写上几大张恭维我的话，真服了他们。"

"亏你还是从上海来的，这叫眼缘。""零食部长"说完扔了一粒西瓜子到嘴里。

"是吗，要是我长个倭瓜脸、蒜头鼻，再配上大龅牙，看他们谁还写信给我？"

许薇笑个不停："这就是你的不对了，爱美之心，人皆有之，爱美有什么错呢？"

苏倩倩说："爱美没有错，不过，只看外表是不靠谱的，那些把我捧上天的男生要是知道我从不叠被子，不洗碗筷，脾气很差，还不知道有多失望呢。"

"零食部长"一边笑一边忙着嗑她的瓜子,忽然扭头问:"倩倩,你欣赏什么样的男生?"

"什么意思?"

"又装,什么意思你不懂?"

苏倩倩指着许薇的脑袋说:"你这小脑瓜除了想着吃,竟还想入非非。"

"你就说嘛!我想知道。"

"好吧,说出来你肯定不敢相信!我欣赏的男生,既要风度翩翩,气质高雅,又要文采飞扬,多才多艺;既要宽容大度,幽默风趣,又要深沉稳重,重情重义;既要尊老爱幼,还要爱祖国,爱人民,爱社会主义。"

许薇笑得直不起腰来。"这么完美的人只怕地球上找不着,也许火星上有。"忽然又改口说,"不过,咱们班好像有这么一个男生。"

"谁?"

"齐天。"

上课铃响了,郝老师捧着一叠试卷从走廊那端走过来。

苏倩倩说:"快进班吧。"

许薇一跺脚:"不是上课就是考试,没一刻闲的,还让不让人喘口气了?"

※

转眼又到了星期天，苏倩倩照例要帮杨凡卖烤红薯。他俩推着黑咕隆咚的铁家伙，走在熙来攘往的广场上，立刻招来人们猜忌的眼光和嘤嘤嗡嗡的议论，杨凡感觉浑身不自在，像有无数的虱子在肢体上爬行。一对衣着光鲜的时髦男女牵着手迎面走来，一看这情形便发出咻咻的诡笑。苏倩倩泰然自若，也跟杨凡评说对方的气质和着装，时髦男女没趣地走开了。苏倩倩的从容和无畏，令杨凡羞愧不已，他责骂自己：你还是男生呢，这点勇气和担当都没有！

回想这段日子苏倩倩对自己的帮助，杨凡的内心便五味翻腾。是苏倩倩将自己从绝望的泥淖中一点一点拖拽出来的，苏倩倩是投进他心田的一束光，足以照亮他人生的余路。他偷偷地瞥了一眼苏倩倩，初冬的阳光在她的身影周边形成模糊的光晕，如同镶上一道金边。她的一头黑发也变成亮亮的柠檬色，耳廓柔和温婉，耳根有一颗粉色的小痣。原来，生活的坛子里装的并不全是苦水，也有点蜜汁，这大约是老天对他的一丝抚慰。

杨凡想到这，会心一笑。

苏倩倩便问他："什么事让你这么开心？"

杨凡说："忽然想起巴尔蒙特的两句诗，'为了看阳光，我来到人世间。'"

苏倩倩整了整头顶的橙黄色发箍，笑着说："你也快变成诗人了。"

杨凡说："前几天我在路上看见一家店铺门头上写着'阳光不锈'四个字，便赞叹商家有诗人情怀，等我拐过弯再一看，原来是'阳光不锈钢厨具'，我差点气晕过去。"

苏倩倩开怀大笑。

两个人来到原先摆摊的地方。苏倩倩跟卖烤羊肉串的"络腮胡子"打了个招呼，就和杨凡一起忙碌起来。杨凡烤红薯，有时也和苏倩倩一起吆喝。今天的生意特别兴隆，到下午三点就快卖光了，两个人喜不自禁。

一个没有腿脚的中年汉子用手臂撑着地面蹭上前来，中年汉子哭丧着脸哀求道："可怜可怜我吧，我出车祸截了腿，老婆也跟人跑了，给我点钱吃饭吧。"

杨凡心有戚戚，对苏倩倩说："给他几块钱吧。"

苏倩倩没有吭声，依旧在吆喝。

杨凡又说了一遍，苏倩倩在他耳边说："他们是骗子，是职业乞讨者，电视上才报道过。"

杨凡坚持说："他的腿总不会骗人吧。"

苏倩倩又悄声说："那是他伪装的。"

"我不信。"杨凡说完给了那男子一个烤红薯和一张五元的纸钞。

男子拱了拱手，急忙走开了。

苏倩倩摇摇头："你上当了，白费了五块钱。"

"络腮胡子"扭头对他们说："这家伙的腿好得很，是这里的常客。"

杨凡怔愣了好一会儿，才喃喃地说："他有腿就好，总比我强。只是他为了这点钱，连脸面都不要了。"

苏倩倩说："还有为了钱，不要良心的呢。"

正说着，两个小青年杵在他们跟前。一个满头黄毛，穿着黑色皮夹克；一个留着飞机头，嘴里叼着香烟。

"黄毛"嬉皮笑脸地说："这可是我们的地盘，你俩得交保护费。"说着用手指做了个数钱的手势。

"这是公共的地方。"苏倩倩没好气地说。

"是公共的，也是我们的，工商所让我们来收费。""飞机头"说。

"既然你们是工商所派来的，那请你们出示工作证。"杨凡说。

"我们没带。"

"那我们就不交！"杨凡大声说。

苏倩倩也昂起头来："你们这是敲诈，小心我报警！"

"哈哈，这小子还挺凶！""飞机头"朝"黄毛"笑笑，然后便往杨凡的脸上吐烟圈。

眼看气氛越来越紧张，卖羊肉串的"络腮胡子"走过来对"黄毛"和"飞机头"说："两位兄弟，卖我个面子，算了算了。"

围观的人群也趁势吆喝起来，两个年轻人夹着尾巴溜了。

"络腮胡子"拍拍杨凡的肩膀，对杨凡说："这些小混混欺软怕硬，对付他们绝不能软！"

就在他俩说话时，良叔和小苹着急慌忙地来到他们跟前。良叔听人说杨凡在广场上和两个小混混起了冲突，忙丢下手里的活计带着小苹赶来了。见两个人平安无事，良叔心头的一块石头落了地，杨凡把事情的原委一五一十地跟他说了。良叔连声说："没事就好，没事就好。"

小苹抓住苏倩倩的手说："你就是倩倩姐吧，你真漂亮！"

"你一定是小苹，上小学六年级。"

"咦？你怎么知道的呀？"

"你哥告诉我的呗。"苏倩倩到"络腮胡子"那儿买了几根羊肉串，递给小苹。小苹要苏倩倩到她家里坐一会儿，说她家离这儿不远，一刻钟的路程。小苹边说边用手指了指广场的西北方向。

杨凡立刻紧张起来，他朝妹妹使了使眼色，说姐姐今天没有空，别缠着姐姐。

小苹不依，苏倩倩不置可否，只是嘻嘻地笑。

良叔对杨凡说："就依小妹吧，人家帮了你大忙，你也该带同学去家里坐一坐，喝口水。"

杨凡嗫嚅着："可……"他只能在心里叫苦不迭。

苏倩倩让小苹坐在她的"小凤凰"后座上，推车在前边走。良叔推着装大铁桶的平板车，杨凡拄着拐杖，耷拉着脑袋，走在最后面。

※

穿过几道街巷，又路过那个草窠里的石麒麟，几个人终于来到杨凡家所在的地方——一个破烂拉杂的棚户区。

眼前的情形让苏倩倩暗暗吃惊，这是一个只有在黑白两色的老电影里才能见到的地方。从小到大，她从来没有到过这样的地方，她的父母也绝不会带她到这样的地方。在她的世界里，是拔天倚地的摩天大楼，是富丽堂皇的厅堂宅院，是精致的吧台和优雅的高脚杯，而现在，她的世界如同一面澄澈的池水掺入大滴浓黑的墨汁，变得混沌不清。

"没想到吧，我家就住这里。前面就是海，像海子在诗里说的，'我有一所房子，面朝大海，春暖花开'。"杨凡笑了，笑得有点惨淡。

苏倩倩心里却在流泪。

来到杨凡的家，一大间低矮昏暗的简易搭建房，两张木床，一张剥漆的方桌，一只半人高的五斗橱，还有杂七杂八的家什。更让杨凡难堪的是，床上的被子因为早起送报纸没来得及折叠，随意地摊在那儿。自己最隐秘的生活空间赤裸裸地暴露在一个漂亮女生的眼皮底下，杨凡感到局促不安，仿佛被一道强光洞穿，变得有些恍惚和木然。他呆呆地站立着，不知怎样才能显得自然些，只望着苏倩倩傻笑。

小苹给苏倩倩端来了一杯加糖的白开水。苏倩倩抚摸着小苹的头说："真懂事。"

"抱歉，你看这家里——也没什么招待你的。"杨凡一脸歉疚。

良叔回家捧了些瓜子和花生放在桌上，对苏倩倩说："杨凡命苦，他爸去得早，他妈身体也常闹毛病，两个孩子挺不容易的。"

"都怪我这条不争气的腿，把一家人给害惨了，幸亏良叔常帮我们。"

"我帮你们是看你们有骨气。"良叔说完又对苏倩倩说，"两个孩子为帮衬家里，每天都起早送报纸。"

"难怪你会迟到，原来是这样。"苏倩倩松了口气，"小苹，你也愿意跟哥吃这份苦吗？"

"我不愿意也不行,我偷懒的时候哥就哄我给我买吃的,他自己却舍不得吃。"小苹越说越起劲,"哥还经常跟我说起你哩。"杨凡心里叫苦不迭,连忙用手捅了捅小妹。

苏倩倩笑着问:"是吗,他有没有讲我坏话?"说着指了指杨凡。

小苹连连摇手:"才没有呢,他说你是全世界最好的女生。"杨凡脑子里嗡的一声。

苏倩倩睃了一眼杨凡,杨凡霎时脸红到脖颈,只是嘿嘿地干笑。

良叔接过话茬:"杨凡没说错,他以前的同学能不欺负他就不错了,哪有像你这样好心的同学。"

苏倩倩看见屋子角落搁着一把木吉他,惊奇地问:"你会弹吉他?"

杨凡不好意思地说:"会一点,三脚猫。"

小苹说:"哥哥弹吉他唱歌可好听了,他自己还会编歌曲呢。我生病的时候就让哥哥弹琴,比什么药都管用。"

苏倩倩要杨凡给她弹一曲。

杨凡说:"吉他被水泡过了,弹不了了。"

苏倩倩无奈地点点头,她掏出手机看了下时间,便起身告辞。兄妹俩一直把她送到石麒麟伫立的地方,然后目送她消失在苍茫的暮色中。

雪，覆盖了幸福

这天早晨，天空灰蒙蒙的，环境监测部门发出雾霾黄色预警。郝老师告诫班上的学生，没事别在教室外瞎溜达，当心中毒。学生开玩笑说，宁愿中毒也得出去透透气，每天闷在教室可不行。下午大课间的时候，学生们再也憋不住了，纷纷从教室内溜出来散心。忽然有人在楼道前的公告栏前大叫："快来看，快来看，奇观，真是奇观！"于是乎，公告栏旁汇聚了一颗颗黑脑袋，有的恨不能把脑袋贴到橱窗玻璃上，有的把两只眼珠子瞪得像圆溜溜的铜铃，有的像泥鳅似的往人堆里钻。有个声音叫起来："别急别急，我念给你们听。"他用极为夸张的语调念起来，一时笑的、叫的、说的、问的、哭的、闹的，场面蔚为大观，热闹非凡。

……

原来开学至今，苏倩倩一直被这些像雪片一样飘来的书信所缠绕，早已不胜其烦。原以为这是一阵云头雨，过段日子就会消停，不料那些男生写信竟比交作业还及时，大有精卫填海、愚公移山之势。没过多久，连郝老师都被惊动了，她把苏倩倩叫到办公室，问她怎么会有这么多书信往来。苏倩倩只得说："我也有点莫名其妙。"郝老师担心这样下去会影响班风和学风，也影响苏倩倩的学习，把该说的不该说的话都说了。苏倩倩没有再说什么，只丢下一句"谢谢老师提醒，以后应该不会了"。晚上回家，她翻看着满纸无聊浅薄的文字，眼前又浮现起杨凡沉郁忧伤的眸子以及他那风雨飘摇的家。她不明白，为什么一样的青春年少，却活在判若云泥的两个世界，那边在命运之磐的碾压下苦苦挣扎，这边却卖弄风雅或无病呻吟。她思前想后，想不出什么好办法来解决这个问题。于是一气之下，把这些书信一股脑儿公布在走廊的橱窗里。

许薇吓得目瞪口呆，对苏倩倩说："这、这一手也太狠了吧。"

苏倩倩做事一向干脆利索，喜欢快刀斩乱麻。她冷笑道："不这么干，他们能消停吗？"

许薇朝她拱拱手："膜拜膜拜。"

这一招果然灵验，此后再也没男生敢给苏倩倩写信。

只有齐天，既欣慰又惶恐。

……

※

下午最后一堂课,团委组织学生为河南项城地区的一所贫困子弟学校捐赠图书。齐天把捐赠的书用一个纸箱装好,气喘吁吁地搬到苏倩倩面前,笑着说:"喏,三十本,都是文学经典,那边的学生肯定喜欢。"

苏倩倩说:"大放血呀!"

"必须响应你的号召嘛。"

活动结束,齐天帮苏倩倩清点班级捐赠的图书。齐天笑着问苏倩倩:"听人说,你跟杨凡一起卖红薯?"

苏倩倩说:"是呀,怎么了?"

齐天一脸抱歉地说:"对不起,都怪那只手表,是我的错。"

"不怪你——杨凡家的条件确实不好,他每天起早送报纸,他妈妈在超市打零工,日子过得很艰难,所以我想帮他一把。"

齐天摇摇头:"难为你了,你也知道,我是不想让他还的,可是他……"

"就他那脾气,你还不了解吗?"苏倩倩说。

齐天略一思忖,郑重地说:"他妈妈在超市工作挣不了多少钱，要不我来帮帮她吧。"

苏倩倩眼睛一亮："你有办法？"

齐天拍了拍胸脯。

三天后，齐天告诉苏倩倩，杨凡妈妈的工作有着落了，可以来他妈妈所在的医院后勤处做洗衣工，工资肯定比在超市高不少。两个人去询问杨凡的意见，杨凡感动得不知道说什么好，当晚就把这个消息告诉姚梅。姚梅喜上眉梢，对儿子说："这可是一份难得的美差呀，多少人求之不得呢，帮我好好谢谢你同学，人家可是咱们的恩人。"杨凡做梦都没想到齐天会帮他这么个大忙，他买了一本软面抄送给齐天，以示谢意。

姚梅跟医院后勤处签劳动合同的那个星期天，齐天和苏倩倩一起去了医院。齐天的妈妈绕着苏倩倩转了一圈又一圈，赞不绝口。黄诗丽闻讯也从妇产科赶过来，她夸齐天气度不凡，将来肯定有出息。两个人嘻嘻哈哈，又说又笑。

回去的路上，齐天请苏倩倩去"悠仙美地"吃了黑椒牛排，然后又一起坐在市民广场的花坛边，看一群穿红着绿的阿姨跳广场舞。夜空在昏朦的路灯映衬下，显得混沌不清，像低垂的帷帐。整个城市宛如喧腾了一天的巨兽，正匍匐在大地上休眠。

苏倩倩坐在齐天的旁边，望着前方发呆，一头长发散发出隐隐的薄荷的清香。齐天小心翼翼地问苏倩倩："倩倩，你有没有发现,班上有些同学对我有看法。"

"是吗?我没在意。"

"竞选班长那会就能看出来。"

"既然是竞选,当然会有不同意见,你不必往心里去。"

"嗯,别人怎么看我,我倒也无所谓,我只想知道你对我的看法。"

苏倩倩望着齐天,笑嘻嘻说:"你很优秀啊,你慷慨、大度、富有爱心,又乐于助人,是一个不可多得的好男生。"

"真的?"齐天的声音颤抖起来。

"当然。"

"谢谢你的肯定,我做得还不够。"苏倩倩姣美的脸庞在灯光下像玲珑剔透的白玉盘,幸福的闪电霎时传遍齐天的全身,他暗自得意,又说,"我还有个想法。"

"你说。"苏倩倩扬头望着他。

"杨凡那里,我们能做的都做了,手表我不需要他赔偿,你也没必要再跟他一起卖红薯了。"

苏倩倩沉默了片刻,说道:"我只是想帮帮他,他太不容易。作为同学,我们不能袖手旁观。"

"你们走得太近,就不怕别人说闲话?"

"啊,说什么闲话?身正不怕影子斜,我和杨凡纯粹是同学情谊,就像此刻我和你坐在一起,光明坦荡,谁也不敢多说

117

什么。"

齐天哑口无言,许久才说:"起风了,咱们走吧。"

※

几天后,许薇告诉苏倩倩,她最近听到不少关于她和杨凡的闲言碎语,劝她还是少跟他来往。苏倩倩哭笑不得,她知道自她转学到这个校园,明里暗里得罪了不少男生女生。苏倩倩说:"天下悠悠,难堵众人之口。我们只管做好自己。"

周一晨会之后,郝老师把苏倩倩叫到操场边的跑道上,先对她做了一番总体评价:"在我教过的女生中,无疑你是相当优秀的一个,无论是学习还是为人都称得上是本班的楷模,我是有心要栽培你的。"郝老师表现出十二分的诚恳。

苏倩倩点点头:"谢谢老师这么看重我。"

"你做团支书以来,开展了一系列卓有成效的工作,班风大有好转,你的敢作敢为和开拓进取令我很敬佩,特别是能对身处困境中的同学伸出友爱之手令我很感动,不过……"她顿了顿,"近来呢,班上同学对你有一些看法——有看法也很正常,'人无完人,金无足赤'嘛。有人反映你处理问题有些独断,也有人认为你对待同学没有一视同仁,还有人觉得你帮助同学不注意分寸。"

苏倩倩刚要解释，郝老师摆了摆手："要允许别人有不同看法，有则改之，无则加勉嘛。"

晚上回到家，父母仿佛跟郝老师约好了似的，在饭桌上旁敲侧击，问这问那。

苏倩倩绷着脸说："你们还让不让人家吃饭？"

"听说你星期天跟同学一起卖烤红薯了？是不是？"黄诗丽直截了当地问。

苏倩倩只管往嘴巴里扒饭，没有吭声。黄诗丽觉得女儿不说话就等于默认，她说："让你参加个家庭聚会你不乐意，反倒去帮人家卖红薯，你演的这叫哪一出啊？"

"那些聚会不是装腔作势，就是炫富摆阔，我才不想去呢。我宁愿去卖红薯，帮帮班上有困难的同学，这有错吗？"

苏正康终于沉不住气了，大声说："你帮助同学没错，可你也得注意个分寸嘛，你说你一个女生，上街帮男同学卖红薯，成何体统！别人会怎么看？我这脸往哪儿搁？"

"我不觉得卖红薯有什么不对，更不觉得丢人。"苏倩倩喃喃说道。

黄诗丽说："你不觉得丢人，我们可丢不起人。"

夫妇俩你一言我一语，像一阵云头雨将苏倩倩浇了个透心凉。

……

电视中传来女播音员舒缓而柔和的声音:"今天夜里我市受到西伯利亚寒流影响,气温将下降10到12摄氏度,市气象台发布了寒潮蓝色预警。据气象专家推测,这股寒流途经我国东北、华北和山东地区,又南下到我国东部沿海城市……"

苏倩倩回到自己的房间,屋外寒风穿越树丛发出沙沙的响声,那声音透过窗棂,像一张无形的幔罩在苏倩倩身上,让她无法动弹。

※

第二天清晨,街道上行人疏落,车辆稀少,寂静中透出几分萧索。出行的人们将身体从头武装到脚,像一个层层包裹的蚕,他们顶着凛冽的寒风,迈着艰难的步伐,走向各自的目的地。从寒夜中苏醒过来的城市仿佛已被冻僵,完全没有了往日的生机和活力。

这天气对于起早送报纸的杨凡兄妹来说,无疑是最严峻的考验。他们只得数着"一、二、三",横下一条心,掀掉对方的被子,然后各自瑟瑟地穿衣和洗漱,再带上装报纸的拖车走出家门。

杨凡鼓励妹妹说:"苏联作家阿·托尔斯泰写过一本小说叫《苦难的历程》,他说一个人如果在清水里泡三次,在血水里浴三次,在碱水里煮三次,他就会纯净得不能再纯净了,永远不会在困难面前倒下。"

小苹说:"语文老师也给我们讲过一本苏联小说,叫《钢铁是怎样炼成的》,里面有个人叫保尔的。"

杨凡点点头:"对,保尔·柯察金。"

小苹若有所思的样子:"就是他,我要做像他一样的人。"

杨凡为小苹的懂事欣慰,欣慰的同时又有些心疼:"好好,我们都要做像保尔那样的人。"

送完报纸,杨凡又乘车赶往学校。

踏进教室,他没有看见苏倩倩,只见许多同学头戴绒线帽,身裹厚厚的羽绒服,有的还捂了个棉口罩。他们使劲儿搓着手,呵着热气。杨凡这才感觉有些冷意,一股寒气从脚底直往上蹿,钻入骨髓,他连连打了几个寒战。来到自己的座位,他习惯性地把手伸进桌肚,这次摸出的是一块温热香甜的鸡肉汉堡。他发现自己的胃已经被苏倩倩的早点惯坏,一落座,胃就开始蠢蠢欲动,不停地撺掇他的手采取行动。令他惊愕的是,他居然心安理得地享受着苏倩倩的恩赐,毫无羞愧之感。那早点也仿佛被施了魔法,他吃进肚里,感觉一整天都是那么踏实和充盈。

早读课结束了,也没见着苏倩倩的身影,杨凡有些纳闷:难道今天她没来上学?可是鸡肉汉堡明明白白就躺在桌肚里,现在又落到他的肠胃里。

上课铃响了，苏倩倩的座位空着。

两节课下了，那张座位还是空着。

一天快结束了，那张座位仍然空着。

次日，杨凡因为没赶上早班车，又迟到了。当天的值日班干是吴永仁，他问明了情况，然后放杨凡进了教室。杨凡进门一瞥，苏倩倩的座位是空的。他怏怏地走到自己的座位上，丝丝浓郁的葱香扑鼻而来。他照例伸手一摸，一张葱花油饼呈现在眼前。油饼的面目怪谲和诡异，杨凡迟疑了一会儿，张嘴咬了一口。

高明明走过来问："这玩意是不是长翅膀了？怎么不飞到我这边来？"又上下端详着杨凡，阴阳怪气地说："你小子是不是有特异功能？能不能教教哥们儿？"几个男生也跟着起哄。

杨凡可以忽略男生们的奚落和嫉恨，但他没有办法忽略两个事实：像影子一样消失的苏倩倩和从天而降的油饼，难道苏倩倩真是法力无边的琼霄仙子？

第一节是英语课。郝老师解释"救护车"的英文单词"ambulance"，强调要注意发音，又模仿了一些同学的错误发音，把大家都逗笑了。杨凡也咧开嘴巴跟着干笑了几声。第二节是语文课，那书本上的字好像在跟他捉迷藏，他瞅了半响也没看明白，于是把眼光投向窗外的梧桐树。枝干上有一片蜷缩的黄叶被疾风摇曳拉扯，终于离开母体凄然坠落。树叶的这场盛大的离别深深触动了杨凡，庾信《枯树赋》里的句子浮荡在他的脑海中："昔年种柳，依依汉南，今看摇落，凄怆江潭。"

这一天漫长得犹如几个世纪。

周六补课，他满怀憧憬地来到学校，一脚踏进教室。

苏倩倩的座位依然是空空如也。

刹那间，杨凡的内心塌陷成一个巨大的深坑，拐杖的底端落在地面上发出不规则的声响。他神色黯然，恍如梦游。

数学课上，童老师被一道立体几何题困住了，光亮的脑门上沁出了细细的汗珠。他问齐天解出来没有，齐天摇了摇头，又见杨凡耷拉着脑袋发呆，便叫杨凡上来演算。杨凡硬着头皮走到黑板前看了半晌，也无奈地摇了摇头。下课后，童老师把杨凡叫到办公室，问他数学课上为什么发呆，又指出他的数学作业最近错得有些离奇。杨凡支支吾吾，推说这阵子身体不适。童老师又鼓励他说，如今招生政策正在调整和改革，只要他好好努力，一样有希望上大学。杨凡笑笑。下午的自修课，杨凡解出了这道几何题。

再难的数学题，杨凡都会绞尽脑汁、千方百计地来求得答案。然而，对于苏倩倩的突然消失，杨凡却百思不得其解。

※

这个星期天的早晨，天空布满了灰色的胶体状云雾，不久，零零星星的小雪粒从空中翩然飘落。杨凡照例要去卖红薯，不过，今天陪伴他的只有黑乎乎的铁家伙了。

时间早过了八点，他还是下意识地朝前面的"黄山路"张望了几回，那儿有穿梭不息的车辆和熙来攘往的人流，有明星代言的洗发水的巨幅广告，还有晃动手臂吹着哨子的黄马甲交警。他苦笑了两声，垂下头，幻想着那个瓮声瓮气的声音会再次在耳边响起，然后如花的笑靥在他眼前盛开。

"今儿怎么就你一个？那个小姑娘呢？"卖烤羊肉串的"络腮胡子"问。

杨凡不知道说什么好，回了三个字"不晓得"，声音像受了风寒一般虚弱，夹带着一丝沮丧和酸楚。

红薯烤了不少，他却懒得吆喝，一个钟头过去了，才卖了五分之一。广场上行人寥落，他百无聊赖，便学着行人的样子把双手插在袖管里，身体倚靠着洋铁桶一动不动，如同古庙里伫立的罗汉。他看着雪花从空中飘飘洒洒地落到地面，然后凝视着那白色一点一点地缩小，直至完全消失。天地的寂寥让人感觉不到时间的蠕动，每一寸光阴仿佛都被无限拉长。好不容易挨到中午，他囫囵地吃了几个红薯算作午饭。午后，天气越发阴冷，雪也越下越大，不久，地面就被白茫茫的一层雪覆盖了。

他望着雪花像成千上万的白蝴蝶一样漫天飞舞，竟丝毫不觉寒冷，只感觉胸腔里有一种无以名状的东西在生长和裂变，并伸展到他身体的各个部分，使他忍不住想哭，可是他的眼窝像干涸的河床。他做了种种设想试图来宽慰自己，但很快发现这是一种徒劳。他只能这样木然立在雪地里，瞅着雪花在风中旋转、翻飞，然后悠悠坠落，消失在一片莽苍之中。

雪花，这美丽多情的精灵，从遥远的天国一路飘落到尘世，难道只为这瞬间的寂灭和虚无？她短暂的生命究竟是为谁绽放为谁歌唱？

杨凡的视线渐渐模糊起来，模糊得只剩下白色的影子在晃动。他看不真切，只听得雪花时而铿锵，时而隐秘，时而喧嚣，时而静谧，有时像千军万马在混战，有时又像漫山遍野的茶花在怒放。恍惚之中，有一种细微的声音从远方传来，断断续续，隐隐约约，雪花的轻吟终于演变成一场声势浩大的合唱……

> 我曾在这里守望
> 也曾在这里彷徨
> 雪，轻舞飞扬
> 覆盖了我的幸福
> 也掩埋了我的悲伤

我沦陷在这个冬天

无声无息

这个冬天

只有雪在歌唱

两行清泪从杨凡枯涩的眼窝里悄悄爬出,如同古井里渗出的水滴,坠落在雪地里,那积雪便渐渐凹下,雪地上留下两处深深的印迹。

海无言

纷纷扬扬的雪下了近乎一天一夜，直到第二天拂晓才慢慢停歇。七时许，太阳从东方地平线上缓缓升起，像羞答答的新娘，脸上抹了一层淡红的胭脂。

八中校园变成了一个粉妆玉琢的银色世界，满眼都是纯净得惹人怜爱和心疼的白，映得天空格外悠远和敞亮。"诗岛"里的一品红在雪地里怒放，使这银装素裹的世界平添几分妩媚和妖娆。阳光照在积雪上，恍若少女白净的脸颊上飞起的一抹酡红。微风过处，千万朵梅花在天地间翩然起舞，惊飞了一群在枝头栖息的小鸟。

杨凡赶到学校时，校园里已是一派繁忙景象。学生在老师的指挥下，扫雪的扫雪，推车的推车，滚雪球的滚雪球，有顽皮的同学正用雪团偷袭别人，却冷不丁被飞来的一个雪团亲了个满脸开花。

杨凡蔫着脑袋,朝高二(3)班的卫生包干区走去,想看一看有没有适合自己干的活儿。忽然,从"校友廊"旁的贝多芬雕像前传来一个熟悉的声音:"吴永仁,你带男生把这堆雪弄走。"

杨凡一惊,循声望去,一个姣美的侧影在人群中晃动,玫瑰红的长款羽绒衫配上窄窄的黑色西裤,十分耀眼,有如迎风摆动的一品红。那声音依然清嘉柔亮,只是没有先前那么有力。

"苏倩倩,是苏倩倩。"杨凡的心脏不规则地跳动起来。然而,转瞬间,他的脸就红到了脖颈。他忍不住自嘲起来。

他走上前去,努力用平静的语调招呼她:"苏倩倩,你来了。"

苏倩倩转过身来,脸色苍白暗淡,下巴也比先前瘦削了点,只有那长长的睫毛覆盖下的一对眸子依然楚楚动人。她笑着问:"你好吗?杨凡。"

"还好。"他真想问问她这些日子去了哪里,像从人间蒸发了似的,可话到嘴边又咽了下去。他隐约感觉到周围有人向他投来异样的眼光,仿佛在说:"你算哪根葱?轮到你来关心她吗?"于是他问:"我能做什么吗?"这时,齐天扛着一把大笤帚走了过来,对苏倩倩说:"你歇会儿,我来指挥。"说着抢过苏倩倩手中的铲子,又对杨凡说:"你来得正好,你到徐子涛那里帮忙,喏,给你笤帚。"

杨凡接过笤帚,他从没有像今天这样渴望劳动。他走到徐子涛他们的包干区,用笤帚把铲过雪的地方打扫得干干净净。他不时瞥一眼不远处的贝多芬雕像,那里有美丽的白雪公主。他真想变成围绕在公主身边的小矮人,为她歌唱和祝福。

扫完校园里的积雪,德育处要求各班学生回教室继续上课。学生们都噘起嘴巴,磨蹭了半天才回班级,临去还不忘搓上一个雪团带走。阳光透过玻璃窗洒照在课桌上,桌上像镀了一层薄薄的金箔,杨凡的眼里也被照射得熠熠发光。

中午,齐天邀请苏倩倩一起用餐。两个人刚刚落座,高明明和魏阳也凑了过来。两个人嬉皮笑脸地说:"一起吃,热闹。"

齐天白了他俩一眼。

高明明又开始讲他的冷笑话。齐天臭了他一句:"如果我没记错的话,这笑话你都讲过三遍了吧。"苏倩倩闷头笑。

魏阳说:"还是我给你们讲一个吧。"

魏阳正要开讲,苏倩倩说:"你们吃吧,我到那里去一下。"

齐天看见苏倩倩朝杨凡坐的地方走去,脸色瞬间多云转阴。

杨凡端着餐盘在一个拐角处坐下。苏倩倩坐到他对面的时候,他吓了一跳。

"怎么还吃这么点菜?我再去给你打点。"说完去窗口买了一份虾和一份粉蒸肉。

杨凡说:"苏倩倩,以后别这样了,人家会说你闲话的。"

"身正不怕影子斜,爱嚼舌根的就让他嚼好了,我和谁交朋友是我的自由。"

"苏倩倩,这些天怎么没看到你的人影儿?"杨凡一心要解开这个谜。

苏倩倩笑着要他猜。

"家里有事?"

苏倩倩摇摇头。

"外出比赛?"苏倩倩拿过全校演讲比赛一等奖。

"也不是。"苏倩倩说,"我生病了。"

"生病?什么病?"杨凡大吃一惊,在他看来,苏倩倩的人生词典里不可能有贫穷和疾病。

苏倩倩淡淡一笑:"风心病,自小就有。"

看着杨凡惊恐的双眼,苏倩倩说:"那天夜里寒潮来临,我的风心病就犯了,胸口闷得透不过气来,昏昏沉沉地躺着,觉得自己像是躺在一片竹筏上,在茫茫的大海上飘浮,四周黑漆漆的,刮着冷风。"

杨凡点点头,怜惜地望着她说:"我懂,我也有过那样的感觉。"又说,"你这么善良,老天会保佑你的,我也会为你祈祷。"

苏倩倩说了声"谢谢"。

杨凡又问她桌肚里的早点是怎么回事，说他差点要相信这世上真有琼霄仙子了。

苏倩倩露出两个浅浅的笑窝："我在医院打吊针的时候，忽然想起你送完报纸又会饿着肚子来上学，于是打电话给许薇，让她在上学路上顺便给你捎份早点。她没跟你说吗？"

"没有，她一向都不搭理我，你不是不知道。"

"这个丫头竟然什么都没说。"苏倩倩又问杨凡星期天有没有去卖红薯。

杨凡点点头，说赔偿齐天的手表钱已经凑得差不多了，明天就还给他。说完舒了一口气，像从肩上卸下一副重担。

苏倩倩说："马上放寒假了，爸妈要带我回上海过年，去之前要为我开个生日派对，你和同学们一起到我家来玩。"

杨凡支支吾吾，他怕去了会扫大家的兴。

"不行，你一定要来。"苏倩倩几乎是用命令的口吻说，杨凡只好硬着头皮答应。

看着苏倩倩离去的背影，杨凡犯起愁来：苏倩倩过生日，我无论如何要送她一件像样的礼物，可是送她什么呢？这钱又在哪里呢？他揪着自己的头发，茫然地看着空空的餐盘，玩弄着手中的筷子，直到来收拾餐桌的女工拿眼瞟着他。

※

期终考试终于来临,三天的考场鏖战让学生们身心交瘁。许薇哭丧着脸对苏倩倩说:"都快把我烤焦了,我真想回到古代去。"苏倩倩说:"古代也有科举考试呢。"许薇说:"那是男人们的事,咱们女生不用考,不是说'女子无才便是德'吗。"苏倩倩哈哈大笑。最后一场考试的铃声响起,学生们纷纷走出考场,把书包和书本抛到半空中,高呼着"乌拉"欢庆解放。杨凡却没有感到丝毫快意,因为再过几天,就是苏倩倩的生日,而他刚刚偿还了齐天的手表钱,送报纸的收入又全部交了学校的补课费和资料费,他的口袋比脸还干净。他知道,苏倩倩不会在乎他送不送礼物,但他自己不能不在乎。他暗下决心,无论多难,他都要表达自己的心意,否则他这辈子都不会原谅自己。

可是拿什么送给苏倩倩呢,在这些方面他显然一窍不通,像个目不识丁的文盲。商场里的珍贵物品,他连看一眼的勇气都没有。去超市随便买个东西送给苏倩倩,那是对苏倩倩的亵渎,他绝不会这么做。晚上回家,小苹看他一副失魂落魄的模样,便问他遇到什么麻烦了。

他吞吞吐吐地说:"苏倩倩要过生日,我不知道该送什么礼物给她。"

小苹问:"倩倩姐有没有特别喜欢的东西?"

"没听她说过。"

"你好好想想。"

杨凡想了好一会儿,还是摇了摇头。

小苹说:"你再仔细想想,我出去玩一会儿。"

杨凡说:"天这么晚了,你去哪儿疯去?"

"我跟小燕到石麒麟那儿玩一会儿,就一会儿。"

小苹蹦蹦跳跳地出门去了。忽然,"石麒麟"三个字像和尚敲木鱼的犍槌猛地敲醒了杨凡混沌的脑袋。他想起苏倩倩最后一次陪他卖红薯时,曾经拿着地摊上的一块雨花石把玩不已。那是一块看似寻常的雨花石,鹅蛋一般大小,没有精美的图案,没有艳丽的色彩,苏倩倩却将它捧在手掌心里,连声赞叹。当时,苏倩倩有心买下,可摊主是个生意精,来了个狮子大开口,苏倩倩只好作罢。

杨凡一拍脑袋:有了,就送这个。

第二天,杨凡带着小苹兴冲冲地来到了"家乐福"广场的一个角落,却没有发现卖雨花石的妇女,他们又询问旁边卖塑料制品的老汉,老汉摇了摇头。兄妹俩怅然而归。一连两天,杨凡都到广场上转悠。直到第三天下午,他才终于撞见那个卖石头的妇女,然而妇女告诉他,雨花石已经卖给别人了。杨凡差点哭出来,问她卖给谁了,她认识不认识。妇女说,认识倒是认识，那人是"家乐福"广场停车管理处的保安。杨凡央求妇女说："麻烦你去问问他，愿不愿意把那块雨花石让给我，求你了。"妇女起初把头摇得像拨浪鼓，后来经不住杨凡死磨硬缠，勉强答应去试试。

大约十分钟之后，妇女颠颠地跑回来了，告诉杨凡，那个保安愿意把雨花石让给他，但价钱是原价的双倍，少一分都不卖。小苹劝杨凡说："太贵了，哥，还是算了吧。"杨凡一咬牙："我买。"他摸了摸口袋，身上只有三十元钱，远远不够数，愁得眼泪在眼眶里打转。他巴巴地望着妇女说："这样吧，我去筹钱，你让他等我。"妇女说："那你快点。"

兄妹俩耷拉着脑袋，满脸沮丧地走在广场上。

"我们上哪弄钱呢？"妹妹问。

杨凡摇摇头，心乱如麻。

眼前黄昏的街市弥漫着淡淡的烟霭，人声纷纭更兼车马喧嚣。巨幅广告牌上的明星笑容璀璨，朗朗上口的广告语化作几张自得的笑脸在空中旋转。

杨凡忽然想哭，为自己，也为苏倩倩。

他看见广场的东南角停着一辆血液中心的无偿献血车，忽然想起离这一里路的地方有家制药厂，厂子附近也有一个采血点。杨凡心中闪烁起希望的火苗，带着妹妹直奔制药厂。穿过一条街，又拐了一个弯，就看见制药厂旁搭了个白色帐篷。杨凡来到帐篷里，两个穿红马甲的工作人员正在跟几个农民工模样的人交谈。一个塑料桶旁立着一块大纸板，上面写着"有偿献血，利国利民，每人次300元"几行黑字。杨凡大喜。

"哥，咱还是不要卖血吧，我怕。"小苹拽着杨凡想往回走。

"怕什么？这么多人献呢。"杨凡决定的事九头牛都拉不回。

杨凡对一个"红马甲"说："我要献血。""红马甲"把杨凡领到一个穿白大褂的中年男子面前，"白大褂"让杨凡伸出手来，又叫他把眼睛闭上。锐利的针头猛地扎进杨凡的指头，疼得他差点叫出声来。做完检测，"白大褂"说了声"没问题"。小苹又看见杨凡捋起衣袖，露出光溜溜的手臂来，吓得用手捂住眼睛。

"白大褂"用手拍了拍杨凡的手臂，对他说："放松点，很快就好。"杨凡第一次献血，难免有些紧张，身体微微颤抖。"白大褂"又用药棉擦了擦手臂上的一处皮肤，对杨凡说："别看。"杨凡把头扭过去。忽地，手臂上像被蚂蚁狠狠地咬了一口，刺痛立即向整个手臂蔓延开来，紧接着刺痛变成了酸麻，还有些发痒。杨凡渐渐平息下来，紧皱的眉头也舒展开来。

"疼吗，哥？"小苹睁开眼睛问。

杨凡笑着说："刚才有点，现在不疼了。"

鲜红的血从杨凡的身体里流窜出来，在长长的橡皮管里飞速穿行，小苹看呆了。大约五六分钟的工夫，血袋渐渐鼓胀起来。"白大褂"拔了针，先用药水涂了涂，又用棉球堵住针眼，让杨凡用手按着。"红马甲"把钱递给杨凡，"白大褂"又嘱咐杨凡晚上不要洗澡，最好喝点牛奶。

杨凡带着小苹回到"家乐福"广场。卖雨花石的妇女果然还守在那儿，杨凡把钱递给妇女，妇女用手指沾着口水点了点钞票，笑着把雨花石交给杨凡。

杨凡轻轻抚摩着雨花石，石头沐浴着夕阳的余晖，呈现出两片晶莹的蓝色，一片淡蓝如天空，缥缈而悠远；一片深蓝如大海，幽邃而澄静。两个黛色的小点，仿佛是那大海上的礁石。小苹也睁大眼睛仔细瞅着。

杨凡不由暗暗佩服苏倩倩的眼力，又觉得这么好看的石头应该有个名字。他自言自语："叫什么好呢？"他的眼睛盯着那片幽深的蓝，想起《庄子》里的那句"天地有大美而不言"，于是沉吟道："大海有情而无言，不如叫它'海无言'吧。"

杨凡知道小苹一直想要个发卡，于是带她进"家乐福"挑了个漂亮的发卡。付款的时候，小苹忽然犹豫了："这是你卖血换的钱，我不要。"杨凡生气了："哥让你拿着，你就拿着！"

回家的路上，杨凡叮嘱小苹，千万不要把他卖血的事告诉妈妈。

※

苏倩倩的家住在城中迎宾路一号"金碧花园",住在这里的多是临海市政商界的头面人物。一条弯曲的林荫大道自然延伸到小区深处,两旁的路灯像列队的哨兵,释放出柔和的黄光。十几栋英伦风格的低密度花园洋房错落有致地分布在林荫道的两旁,水榭、喷泉、雕塑、假山、球场、草坪,应有尽有。小区入口处矗立着高大巍峨的门楼,一个穿制服的保安伫立在门岗的遮阳伞下,还有一个守卫在门禁处。

今天是苏倩倩的十七岁生日,黄诗丽特地雇了两个钟点工来帮忙,五个人里里外外地张罗着。他们用亮晶晶的彩纸和五色斑斓的彩灯把客厅装点得富丽堂皇。晚上七点未到,齐天身穿阿迪达斯冬装,带着精心准备的礼物,第一个按响了苏倩倩家的门铃。黄诗丽招呼齐天进门,又是让座,又是倒茶,又是递水果,恨不能再生出一只手来。苏倩倩望着齐天,笑着说:"我从没见过我妈待人这么热情过。"黄诗丽说:"天差地差,来人不差,何况人家还是贵客。"

齐天对苏倩倩说:"你到我家做客,我妈也一样。"

苏正康对黄诗丽说:"跟他爸一个模子里出来的,仪表堂堂。"

黄诗丽点点头:"部长家的公子,气质就是不一样。"

苏倩倩在一旁抿着嘴偷笑。黄诗丽又白了女儿一眼："哪像你，坐没坐相，站没站形，没一点淑女的样子。"

齐天指着茶几旁边的礼物说："伯父，这是我爸带给您的高原黑枸杞，还有普洱茶。阿姨，这是我妈捎给您的东阿阿胶和西洋参。他们让我代他们向二位问好。"

苏正康夫妇连声道谢，夸齐天的爸妈想得周到。苏倩倩说："齐天同学，你有没有搞错，今天可是本小姐的生日。"齐天笑着说："少不了你这个寿星的。"说完从口袋里摸出一个金灿灿的首饰盒，里面躺着一条做工精美的铂金项链。黄诗丽是首饰的行家，知道这项链价格不菲，连忙谢绝。齐天有些着急，说这是他爸妈的意思，也是他的心意。夫妇俩只好笑纳。苏倩倩接过项链，笑着说："你第一次的礼物就这么重，我怕你以后收不了场。"众人都不解。苏倩倩给他们讲了个笑话，说一个属鼠的县令过生日，下属们集资铸了个金鼠作为贺礼，县令便告诉他们，明年是他夫人的寿辰，是属牛的，下属们顿时傻了眼。

黄诗丽笑着说："丫头，你不用瞎担心，什么金鼠金牛的，心意最重要。"大家一阵说笑。

齐天看见苏倩倩身穿一件白色翻领薄呢外套，整个人恍若月光下的百合花。他帮着苏倩倩洗杯子、搬桌椅，忙得不亦乐乎。

七点一过，应邀参加生日派对的同学陆陆续续赶到了，他们像初进大观园的刘姥姥,摸一摸白底暗花的墙壁纸,踩一踩软绵绵的羊绒地毯,毫不掩饰他们艳羡的神色。

苏倩倩没有看到杨凡的身影,心里犯起嘀咕:他是忘了日子还是找不着地方呢?杨凡不是一个言而无信的人,他既然答应就一定会来,可为什么到点了还迟迟没有现身呢?苏倩倩设想了种种可能,越想越觉得蹊跷,脸上的笑容渐渐有些僵硬。

齐天提醒苏倩倩可以开始了。

苏倩倩说:"再等会儿吧,还缺一个。"

"谁?"大家面面相觑。

"杨凡。"苏倩倩说。

"就是那个跟你一起卖红薯的男生?"黄诗丽问。

"嗯,我也请他了。"

黄诗丽的脸上升起一抹阴云,空气里似乎能嗅出点尴尬的气味。

齐天说:"按理说他该到了,这个时候还不到,也许就不来了。"

苏倩倩怕扫了大伙儿的兴致,只好说:"那我们先开始吧。"于是黄诗丽让钟点工捧出一个面盆大小的蛋糕,点上红蜡烛,大家一起唱起生日歌。苏倩倩一口气吹灭了十七根蜡烛,大家齐声欢呼起来。苏正康夫妇招呼他们品尝五花八门的零食和各种水果,欢声笑语在偌大的客厅里震荡和翻滚。齐天建议跳舞助兴，于是大家又跳起一度流行的小拉舞。黄诗丽讲了个笑话，苏正康唱了样板戏《沙家浜》里的一个选段，一个男生用扑克牌表演了一套魔术。闹了足足两个小时，生日派对才宣告结束。

苏倩倩把大伙儿送到小区门口。正转身往回走，一个声音从马路对面的香樟树下传来："苏倩倩。"她吓了一跳，循声望去，香樟树旁竟立着一个单薄的身影，拄着拐杖，披着满身清冷的月光，一头乱发在寒风中瑟瑟战栗。

"杨凡？"苏倩倩又心酸又心疼，小跑到马路对面，问他什么时候来的。

"七点。"

"那你为什么不到我家呢？你明知道我们在等你。"苏倩倩有些生气。

"对不起。"

"为什么呀？"

"门卫不让我进。"杨凡的声音低沉而沙哑。

苏倩倩怔怔地望着杨凡："他们凭什么不让你进？"

杨凡苦笑着说："也许他们看到我这副尊容，看到我这身穷酸落魄的衣着……"

"他们怎么能……"苏倩倩没有往下说，她原本就该知道，这世上总有那么一些以容貌衣着来评判他人的势利之徒。

她轻轻地叹了口气，又说："怪我，我没有想到。"

"其实不让我进也挺好，我去了会让大家扫兴，也会让你难堪的。"杨凡咧嘴一笑，笑容苦涩。

"可是你不来，我这一晚上都……"

她问杨凡是不是一直这么站着，在这个天寒地冻的夜晚。

杨凡点点头，笑着说："可不是吗？我牙巴骨现在还发抖呢。不过一想到今天是你的生日，我就开心得忘记寒冷了。"然后他望着苏倩倩郑重其事地说："祝你生日快乐。"说完从口袋里掏出雨花石，递给苏倩倩："对不起，你过生日，我却拿不出一件像样的礼物，这块地摊上的雨花石，你还有印象吗？"苏倩倩一看，喜不自禁："当然有。"又问杨凡哪来的钱。她知道那个妇女是个生意精，宰人没商量。

"这你就别问了，你喜欢不？"

"当然喜欢，你看你看，它在月光下像不像一个沉睡的大海？"

"特别像，我还给它起了名字。"

"什么名字？"

杨凡一字一顿地说："海——无——言。"

"海无言，大海无言，我喜欢。"

蓝蓝的雨花石静静地躺在苏倩倩的掌心，沐浴着淡淡的月光，闪着奇异的清辉，又仿佛在沉吟。苏倩倩紧紧地把它攥在手心。

"谢谢你,杨凡。这是我收到的最好的礼物。"

月光白如练,柔若纱,那香樟树饱饮月光,似有几分醉意,显得惝恍而迷离。微风轻轻摇动香樟树,满地的碎影翩然起舞……

人生需要突围

寒假期间，教育主管部门三令五申不许学校补课。八中校领导为了让高二年级在未来的高考中取得好成绩，偷偷组织学生躲在一所职工子弟学校内进行补课，还请了几个家长轮流在门口望风。本以为万无一失，谁知才补了三天就接到教育局的"黄牌警告"，只得不情不愿地把学生放回家。据查，是高二（3）班几个不长进的男生不停地给教育局打投诉电话，还把这件事捅到小报记者那里。为此，郝老师被年级主任狠狠批了一通，一张脸红了又黄，黄了又绿。

趁着假期，苏倩倩随同父母回上海老家过春节。回来时，苏倩倩用外公外婆给她的压岁钱给杨凡买了一把布鲁克牌民谣吉他，还带了上海牛皮糖、五香豆和排骨年糕给小苹。杨凡帮一户人家念初中的男孩辅导数学，空闲时就带着妹妹捡些塑料瓶和易拉罐。开学时，杨凡把自己挣来的钱交给他妈凑学费，还给妹妹买了一个崭新的书包。

※

新学期伊始，原先教杨凡他们的语文老师调到外校，接替他的是一个三十出头的男教师。男教师姓李，长得高高大大，像一座移动的铁塔，教学也颇有自己的个性。他在每堂课开课之前，都要让学生上讲台来即兴演讲三分钟，还把这个活动叫作"一个人的狂欢"。演讲活动确实能锻炼一个人的胆识和口才，但对于从未在公共场合表现过自己的杨凡来说，这无疑是一道坎。他害怕众人灼灼逼人的眼光，害怕自己的演讲惹人讥笑。这天的语文课，轮到学号第十的同学登台演讲，李老师叫了他的名字，班长吴永仁起身说，他请了病假。李老师顿了顿，又说，那就请学号十一的同学上来吧。

底下骚动起来。

十一号不是别人，正是杨凡。杨凡嗫嚅道："我还没有准备好。"李老师说："题目还是原来那个'生存与生活'，咱们是即兴演讲，不用刻意准备。"

杨凡只好硬着头皮走上讲台。

他不敢站在讲台中间，而是站在讲台一侧，一颗忐忑的心像要跳出胸膛，一只手紧握着拐杖。底下几十个同学的眼光汇成一道起伏的波浪，杨凡恍惚觉得自己在随着这道波浪颠簸。他满脸通红，许久才憋出几句话来："大家好，我来谈谈什么是'生存与生活'。生存就是生物意义上的存在，而生活……"他的大脑好像忽然被抽空了，瞬间什么也想不起来，嘴巴里喃喃地说着："生活就是……"

底下的笑声像潮汐一般袭来，有些同学还打起唿哨。

高明明悄悄对魏阳说："苏倩倩还说他挺有思想呢，他的思想一到台上就消失得无影无踪了，哈哈。"

魏阳说："是骡子是马，到台上遛一遛就知道。"

李老师说："杨凡同学能走上台来，已经算是成功了一半。"李老师带头鼓掌。杨凡红着脸走下讲台。

下课后，苏倩倩见杨凡把头深埋在胳膊里，便推了推他。杨凡抬起头来。

苏倩倩说："你第一次上台能这样很不错了，初中那会儿我第一次演讲吓得一句话都说不出来，你比我强多了。"

"我不信。"

"是真的，我跟个木桩似的杵在台上，脑子里一片空白。"苏倩倩补充说。

"我不行，我真的不行，我不敢面对他们的眼光。"

"不是你不行，而是你缺乏锻炼的机会，多讲几次自然就会好。"苏倩倩说,"还有,你演讲的时候别想与演讲无关的事,只管一心一意地演讲。"

杨凡没有吭声。

几天后,一次活动课上,苏倩倩把杨凡叫到"诗岛"那里,对他说:"我们来练一练演讲,如何?"

杨凡说:"我又不当演说家,不练了。"

"你错了,你会弹吉他,将来也许会给很多人唱歌,难不成你说,我只能在私底下唱给自己听?"

"这个……"杨凡咕哝道。

"不仅是唱歌表演,生活中还有很多时候需要我们面对大众表达自己。你那么有思想,难道不想让更多的人了解你的思想?"

"好吧。"杨凡想通了。

苏倩倩给他出了个题目叫"人生处处是沙场"。

杨凡思考了片刻,悠悠说道:"人生处处是沙场,古人曾云,'不谋万世者,不足谋一时;不谋全局者,不足谋一域'。一个高明的战略家,往往十分重视'谋势',他们不会把眼光局限在具体的战术或者一城一地的得失上。人生又何尝不是一场战役?及早从大处谋划自己的人生,就能尽早占据人生的制高点。"

苏倩倩朝杨凡竖起大拇指,夸奖说:"你看,你的演讲才能绝对是一流的。"

杨凡说:"我跟你说话自然没问题,可如果站到台上就会犯迷糊。"

"你把我设想成底下的同学。"又说,"站到台上,脸皮厚一点,胆子大一点,就当底下人全是木桩,他们上台讲得还不一定有你好呢。"

苏倩倩又让杨凡练了几遍,杨凡渐渐有了底气。

※

第二天,苏倩倩去了一趟语文组办公室,将杨凡的情况和李老师做了简短的交流,她说:"杨凡自尊心特别重又很敏感,特别在意别人对他的看法,上次演讲对他的打击很大,其实他的口才很棒,只是缺少锻炼的机会。"

李老师说:"这个没问题,后面我会经常提问他或让他上台来表达。"说完,李老师又望着苏倩倩,称赞道:"难得你这么有心,杨凡有你这样的同学很幸运。"

苏倩倩淡淡一笑,说道:"李老师,您刚来,对我们班的情况可能不是很了解——"

李老师让苏倩倩坐下。

"我们班虽然是模范班集体,但也时有一些不和谐的声音。绝大多数同学很正直，但也有部分同学心眼小。慢慢您就会知道。"

李老师点点头："有人群的地方自然会有是非和纷争，这不奇怪。"

苏倩倩说："我是这个班的团支书，就职时曾许诺，要把高二（3）班建设成为一个友爱、温馨、其乐融融的大家庭，让我们中的每一个成员都能感受到成长的快乐。所以——"

李老师说："我相信你的能力，也预祝你成功。"

苏倩倩临走时，李老师奖励了她两块巧克力。

之后，李老师在语文课上时不时会叫杨凡回答问题，杨凡渐渐适应了这种情境。又过了一个星期，杨凡再一次被李老师叫到讲台前做即兴演讲。

底下的同学瞬间亢奋起来，仿佛有好戏登台。

杨凡拄着拐杖走到讲台中间，他朝底下微微一躬身。底下同学停止了说笑，瞪着眼睛望着杨凡。

杨凡看见苏倩倩热切的眼神，仿佛在对他说："天不怕，地不怕，脚大脸厚走天下，你站到讲台上你就是王者。"他望着底下的同学，心想：我不比你们差，不比你们笨，为什么要胆怯？我原本就一无所有，还担心会失去什么？

这样想着，他紧绷的神经慢慢松弛下来。他缓缓说道："今天我演讲的题目是李老师前天布置的'苦难'。苦难是我们自己定义的，它其实只是一种经历，一个自然会发生的事实，你不愿意接受它，它就成为苦难；如果你能正视它，苦难就不成为苦难。心若敞开，你遇到的所有东西都不是障碍。甚至，苦难还可以成就我们，记得苏联作家阿·托尔斯泰在《苦难的历程》中说过，一个人只有在清水里泡三次，在血水里浴三次，在碱水里煮三次，才能成就自己……"

底下一片沉默，只有杨凡一个人的声音在空气里浮荡。他时而激昂，时而深沉。当他再次朝底下躬身的时候，苏倩倩起身鼓掌，很多同学也跟着鼓掌。

李老师说："杨凡同学给我们上了一堂很好的课。人生没有迈不过去的坎，无论是学习还是生活。我们这一生或许会遭遇各种苦和难，这些苦和难终究会化成一道光，照亮我们的前程和未来。"

晚上放学回到家，杨凡把今天演讲的事告诉他妈和小妹。姚梅说："你爸当年做经理的时候，在台上讲话从来不会怯场。"杨凡点点头。姚梅说："那是你爸最威风的几年。"姚梅望着柜子上杨兆云的遗像，鼻子一酸，眼泪就下来了。

杨凡岔开话题："我们换了个语文老师。"

杨梅问："男的还是女的？"

杨凡说："男教师，三十多岁，姓李，李老师的语文课上得很好，经常让我们演讲，甚至还让学生上台讲课文。哦，对

149

了，他自己还写散文，在报刊上发表了不少散文呢。"

姚梅连声赞叹："是吗？这么有才华。"

杨凡说："他不仅有才华，对学生也很尊重，从来没见过他对我们发脾气。"

小苹插嘴说："我们班主任才凶呢，瞪起两只眼睛来像要吃人的老虎。"

姚梅又问："李老师比教数学的童老师还好？"

"童老师教学挺认真，只是水平一般，有时还会讽刺挖苦学生，很多学生不太喜欢他，不过他挺欣赏我的，我也很喜欢他。"

"班主任郝老师呢？"

"我不知道该怎么评价她，估计她也不知道该怎么评价我。"

※

一个星期后，郝老师把苏倩倩叫到办公室，对她说："周一晨会轮到我们班，要我们派一个优秀团员到主席台发言，你跟同学们商量一下，看派谁去比较合适。"

苏倩倩把班级团员们召集起来开了个短会，让他们推荐一个最合适的人选。团员们谁也不想错过这个出风头的机会，可他们又不好意思毛遂自荐,便私下叨咕起来。王淑敏说:"我推荐叶紫,叶紫善于团结同学。"叶紫便说:"我推荐王淑敏,王淑敏积极要求上进。"高明明大声说:"我推荐魏阳。"魏阳也高声说:"我推荐高明明。"

苏倩倩说:"我推荐一个同学,大家看可不可以。"

众人的眼睛都亮了起来,问是谁。

苏倩倩笑着说:"我估计你们能猜到,对,就是杨凡。"

底下即刻嗡嗡成一片。

"什么?杨凡?"

"让杨凡代表咱们高二(3)班?我没听错吧?"

"谁都可以去,就是不能派杨凡!"

苏倩倩摆摆手:"我知道你们有一万个反对的理由,但我的理由只有一个,那就是杨凡有演说的才能,他不会给高二(3)班抹黑。"

高明明噌地站了起来:"那家伙只要站在台上就是丢班级的脸。"魏阳也帮腔道:"全校学生都会以为咱们班无人可派,只好派他去。"

吴永仁厉声说:"你俩说话有点分寸。"

齐天说:"大家都冷静,咱们是五星级班集体,说话做事要有分寸。"说完,他又对苏倩倩说:"你说说吧。"

苏倩倩倒也干脆:"有人说我太偏心,我承认,我是偏向杨凡，一是因为他遭受了太多的不幸，二是因为他一直在努力改变自己。我们应该把更多的机会和更多的关爱留给他。"

吴永仁表态说："我赞同苏倩倩的看法，何况杨凡上次的演讲的确不错。"

齐天说："大家心里不平衡也可以理解，由谁来代表班级不是小事，大家都不要意气用事，我们还是征求一下老师的意见吧。"

会议没有形成决议。

苏倩倩把会议讨论的情况和她个人的意见跟郝老师做了简要的汇报，郝老师说："这么重要的场合让杨凡上台恐怕不合适，你让我再想想。"苏倩倩想做成的事谁也拦不住，她觉得问题的关键在于教语文的李老师，于是她找到李老师，将她的想法和盘托出。李老师沉吟片刻，说道："我来跟郝老师沟通。"

李老师便去找郝老师，对她说："按理说，班级事务我不该过问，因为您是班主任，大事自然由您定夺。"他清了清嗓子，又说："下周晨会，由谁代表高二（3）班到主席台发言，您想好了没？"郝老师说："我是让团支部书记苏倩倩去跟大家商量的，苏倩倩推荐了杨凡，我正为这事烦心呢。"

李老师说："你不说我也知道您的烦恼，杨凡身体上有残疾，您有顾虑，是不？"

郝老师点点头。

"如果您让杨凡登台发言,我倒认为,学校不但不会责怪您,还会格外赞赏您的决定。"

郝老师一脸困惑:"哦?为什么?"

"杨凡虽然身患残疾,但他不屈不挠,坚韧不拔,而且有演说的才能,这在我的语文课上已得到证明,他站在主席台上只会为班级争光添彩。您如果把这样一个众人眼中的弱者推到前台,变成一个强者,这才是您教育的成功,而且大家还会觉得您是一个有眼光、有爱心的班主任。"

郝老师笑了。

李老师又说:"当然,这只是我个人的意见,仅供参考。"

郝老师说:"李老师,您说得对,就这么办。"

当苏倩倩给杨凡分派晨会发言的任务时,杨凡满脸惊诧,连连摇头,他说:"你太高看我了,我真的不行!"苏倩倩生气了:"杨凡,你知道我为你争取这个机会有多难吗?没想到你是这种态度,难怪有人说你是扶不上墙的烂泥,我看你就是摊烂泥。"

苏倩倩的激将法果然奏效,杨凡愤愤地说:"哼,上台就上台,谁怕谁?"然而,还没过两分钟,他又蔫了下来,喃喃地说:"我的天,这可是当着全校师生的面,万一讲不好,脸可就丢大了,要不你们还是另派人吧,我看你就挺好,齐天也行，我……"

苏倩倩气得想捶他，冲着他大嚷："就你了，我提醒你，你代表的是高二（3）班，只能成功，不许失败！"

杨凡抬起头来："好吧，我试试。"

苏倩倩又说："先前的晨会发言，他们全都是念稿子，念稿子算什么本事，这一回你要全程脱口演讲，你敢吗？"

杨凡张大了嘴巴："你你，我我……"

苏倩倩说："什么你呀我的，少给我婆婆妈妈，从明天开始，每天演练十分钟，就这么定了。"

周一晨会如期而至，照旧先是升旗仪式，然后是德育处主任训话，第三个环节便是优秀学生代表发言。当杨凡拄着拐杖缓步走上讲台时，会场上瞬间骚动起来，连树枝上的鸟儿也欢悦起来。无数道目光聚焦在主席台上，一个个努力把脖子抻到最长，像被无形的手向上提着。杨凡站定，朝底下深深地鞠了一躬，然后说："老师们好，同学们好，我知道我能够站在这里并不是我有多优秀，而是老师和同学给予我更多的垂顾和关爱。我曾经无数次怀疑过世界，怀疑过人生，总觉得自己是这个世界上最不幸的人，直到去年九月，生活开始一次次向我展露它的笑颜，我终于领会到，原来我得到的幸福比苦难更多……"

台下掌声雷动。

郝老师也被杨凡这番话深深打动,她不住地点着头,对身边的李老师说:"要不是您提醒我,还真看不到这感人的一幕,看来我真的要反思自己了。"

这一天,云淡风轻,草木葳蕤,世界变得温柔而安详。

和为贵

生活向杨凡展开的画卷时而繁花似锦,时而水阔云低,时而风萧雨暗。

杨凡在晨会的发言让很多师生对他刮目相看,他明显感觉到郝老师对他态度的转变,甚至她在批评王国钧的时候,还把他树为榜样。那个课间她朝王国钧又是咂嘴又是摇头:"啧啧,看看你这熊样,一上课就犯困,一下课就精神,拎起来不像个粽子,奄下来不像块糍粑,你为什么不学学人家杨凡,你有腿有脚,有吃有穿,就是不求上进,成天稀里糊涂地混日子。"气得王国钧朝杨凡直翻白眼。

教数学的童老师更是毫不掩饰对杨凡的赏识。

那天上午,他捧着一叠试卷走进教室,然后开始总结前天的数学考试。他的语调因为失望和愠怒而变得有点滑稽:"在座的各位少爷小姐,告诉你们一个万分不幸的消息,这次数学考试你们班均分是全年级垫底,我这老脸也被你们丢尽了。"底下鸦雀无声。他拿着记分册开始报分数,报到高明明的时候,他愤愤地说:"高明明啊高明明,你说你高明在哪里,你一半题目开了天窗,一半题目计算错误,你该回小学去进修算术。"下面一片笑声。童老师又说:"你看看人家杨凡,同一个课堂,同一个老师,为什么他能考九十,你就考五十。"高明明恨不能找条地缝钻进去。

发完试卷,童老师开始讲题。讲到一道几何证明题的时候,他说他的证明过程有些繁琐,建议参考杨凡的解法,然后非要让杨凡上黑板来演算。

杨凡心里一阵哀鸣。童老师的过度袒护只会让自己的生存环境变得纷纭而复杂。他硬着头皮走到黑板前,三下两画解好了题目。他拄着拐杖走下来的时候,遇见苏倩倩向他投来钦慕的目光。这时,从窗外飞进两只蝴蝶,蝴蝶在教室内外自由徜徉,引得学生纷纷侧目,杨凡也被这一对逍遥的小生灵深深吸引了。

当他走到自己的座位,他的心神还停留在蝴蝶身上。刚一落座,众人就听到扑通一声,只见杨凡整个身体跌坐到地上,拐杖甩到一边。原来,他的坐凳被人悄悄挪离了原位。

"哈哈哈哈——"

"好玩好玩！"

"有趣有趣！"

"哈哈哈哈——"

有人拍手掌，有人捶桌子，有人搂着同桌的肩膀大笑。教室如一口蒸腾的汤锅，翻滚着欢乐的气泡……

杨凡感觉全身的血液都离自己而去，只剩下空荡荡的躯壳，像倒在一片遍地麦芒的田野里，那哄笑有如阵阵麦浪一波一波地袭来。

苏倩倩顾不上课堂上不能随意走动的规定，匆匆走下座位，将杨凡从地上扶起来。

"是谁干的？是谁？"苏倩倩大声问。

笑声渐稀，没有人回应她。

杨凡感觉脑袋上湿乎乎的，便伸手摸了摸，苏倩倩惊叫起来："血！流血了，快去校医室。"

杨凡被苏倩倩和吴永仁几个送进校医室，校医做了简单的检查，又问明了情况，然后说："最好去医院做个脑部检查。"

苏倩倩找到齐天，齐天说："没问题，我去找我妈。"

中午，齐天妈妈帮杨凡在医院的脑科做了检查，医生说："没大碍，只是皮外伤，涂点药膏就可以了。"苏倩倩心中的一块石头落了地，她要替杨凡付检查费和医药费。齐天笑着说:"这点钱不用推来推去,我妈已经付了。"

杨凡没有将自己去医院做检查的事告诉姚梅,直到姚梅看见他往脑袋上涂的药膏才知道。姚梅告诫儿子:"以后你少惹这些同学。"杨凡说:"我没惹他们。"

姚梅长叹了一口气。

这次课堂风波很快传到郝老师那里,她大为震怒,在班会课上发了一通火,临了又恶狠狠地说:"一人做事一人担,有能耐的你就站出来,否则让我查出来,绝没你好果子吃!"

三天后,一个同学怯怯地踅进班主任办公室,郝老师一看,是杨凡的邻座徐子涛。郝老师问:"你来干什么?"徐子涛说:"我犯了错,杨凡那事是我干的。"郝老师用手指点着徐子涛的脑袋,气得直摇头:"徐子涛呀徐子涛,你说你,人家同学招你惹你了,你怎么这么不学好?"徐子涛言语闪烁:"我,我也是……"郝老师咬牙切齿:"还给我吞吞吐吐,你给我如实招来!"

"是有人让我这么干的。"

"谁?"

徐子涛低声说:"高明明,他说,只要我干了,就送我一套新出的游戏书。"

郝老师一拍桌子:"你把高明明给我叫来。"

没过五分钟,高明明蔫着脑袋跟着徐子涛进来了。

郝老师喝责："高明明，你干的好事！"

高明明嘟囔着："我看童老师表扬杨凡，心里特别不好受，于是就指使徐子涛……"说完垂下脑袋。

郝老师说："这次算你走运，杨凡没出大毛病，要是真查出个什么好歹，你就去警察那里报到吧。"高明明声音颤抖："老师，我错了。"郝老师哼哼了两声，说道："你以为一句错了这么简单吗，我要把这个事情跟年级主任做个汇报，然后给你们一个处分，让你们长长记性。"

高明明和徐子涛面面相觑，差点要哭出来。

高明明走后，郝老师又让人把杨凡叫来。她查看了他的伤势。杨凡说："快好了，已经不痛了。"

郝老师点点头。她沉吟了片刻，说道："刚刚徐子涛和高明明来向我承认错误了，说这事是他们干的，我准备让年级处分他们。"

杨凡一惊："郝老师，我有个请求，不知道可不可以？"

"你说吧。"

"虽说犯错应该受罚，但我觉得，高明明也是出于一时的顽劣，加之当天他挨了老师一顿批，心里憋着一股气，所以才——"杨凡停顿了一下，又说，"那天也怪我不小心，看也没看就坐了下去，不能全怪高明明和徐子涛。"他巴巴地望着郝老师。

郝老师说:"高明明在班上的表现向来不好,我正想借这事敲打敲打他,刹一刹这股歪风,当然也算给你一个说法。"

杨凡沉吟道:"您的想法自然也有道理,只是——"

"只是什么?没关系,说说你的想法。"

"给他们处分是不是有点重了?年级处分意味着什么您最清楚。再说了,我从来没有想过要什么说法,如今咱们班绝大多数同学对我还是很友善的,就算有同学偶尔开个玩笑也不是恶意的,我并没有往心里去,更不会记恨他们。真的,能这样我已经很知足了。您不也说过,人与人相处要以和为贵。我总觉得,咱们同学一场是难得的缘分,我们应该少一些猜忌和纷争,多一些理解和包容。老师您说呢?"

郝老师嘴角的黑痣微微一颤。她拍了拍杨凡的肩膀,感叹说:"没想到你这么懂事明理,好吧,就依你。"

在杨凡的记忆中,这是郝老师第一次拍他的肩膀,第一次用这么柔和的话语跟自己交谈。他忽然领悟到:其实人与人相处并没有什么不可逾越的鸿沟,只要我们将心比心,以心换心,所遇皆会是温柔。

次日,郝老师让高明明和徐子涛在班上做了检讨,还夸奖杨凡识大体,顾大局。然而,高明明对杨凡这番以德报怨之举并不领情,他当着杨凡的面打着哈哈,背地里却对魏阳说,这家伙够阴险,让大家都觉得我们是缺德小人,他才是正人君子。这话传到杨凡耳中,杨凡只是淡淡一笑。

※

日子从指尖悄悄滑过,转眼二月过去了。当点点新绿爬上树木的枝头,从一路颠簸的公交巴士旁闪过,城里的人们透过车窗,惊讶地发现春天已经悄悄地降临这座城市。

这天放晚学,杨凡因为劳动值日,离开学校时已经六点多,街道两旁华灯初上。走到十字路口,看见一个熟悉的身影骑着自行车晃晃悠悠,定睛一看,是高明明,杨凡知道,他是被童老师留下补数学的。杨凡叫了一声,高明明没听见,依旧晃晃悠悠地往前骑。忽然,一个五十多岁的中年男人从他身后擦过,然后熟练地倒在高明明的前面。

高明明傻了眼,一时手足无措。

男人一副痛苦万状的表情,连声叫唤:"我的腿,我的腿!"高明明想一走了之,男人大喊:"别走别走,你撞了人还想溜呀你!"几个路人闻声也赶了过来。高明明百口莫辩,急得直跺脚。

杨凡赶上前来,对围观的群众说:"这人是从后面擦过去,然后故意摔倒的,他想讹人,我在后面看得清清楚楚。"

男人怒吼:"你瞎说什么呢,别诬陷好人!"

高明明也回过神来："就是就是，我在前面骑得好好的，是他从后面赶上来的。"

人群里有人拨打了电话，不一会儿，派出所民警就赶来了，问明了情况，又问有没有目击证人。杨凡举手说："我是证人，我以人格担保，我所说的每一句话都是事实。"

杨凡把男人的行径做了一番描述，临了又说："叔叔，这个人有问题，建议你们好好查查，因为两个星期前，在平安桥上，我也看见他这么干过一回。"男人的脑袋这才耷拉下来。警察把他从地上拽起来，说道："跟我们去所里一趟。"

高明明拉着杨凡的手，激动得说话都结巴了："杨……杨凡，咱不多……多废话，从此你就是我兄弟，谁再敢欺负你，我跟他急。"说完，他又硬拉杨凡去吃馄饨，杨凡不好拒绝，便跟着他去路边的馄饨店打了回牙祭。

高明明对杨凡的态度来了个一百八十度大翻转，让好友魏阳一时都适应不了。高明明说："你少给我阴阳怪气的，你对他就像对我一样就是了。"魏阳笑着说："这么说，从此他也算咱兄弟了？"高明明说："那当然，咱们是高二（3）班的'三剑客'。"魏阳颠颠地跑过去给杨凡递上一块雪饼，笑着说："杨凡兄弟，'公子'发话了，说咱们以后就是兄弟，得同进同退。"杨凡也笑着说："高攀了，高攀了。"

※

阳春三月,一个春风骀荡、莺歌燕舞的日子,一辆运载着高二(3)班同学的大巴向城南郊外的柳庄疾驶。杨凡第一次参加班级的春游活动,望着窗外不断变换的建筑物呆呆地出神。

汽车刚一出城,同学们便惊呼起来。原来道路两旁有一片一片漫山遍野的金黄,汽车仿佛成了在金色波浪里飞驰的快艇。

"油菜花,油菜花!"

许多同学兴奋得嚷起来。他们的眼眸被一团团黄色火焰点燃了,身体仿佛徜徉在色彩浓稠的印象派画作里,又恍若闯进了一个纤尘不染的童话世界。

杨凡也被这样一幅绚烂而奔放的生命图景震撼了。

这平凡如草芥、卑微如蝼蚁的油菜花,只要给它一块土地,无论贫瘠还是肥沃,一粒种子就能勃发出一片冲天的美丽。金色的阳光被它沉淀在花瓣里,广袤的大地被它濡染成灿烂的锦缎。娇贵不是她的禀性,阴郁更不是她的风格,山野、河畔、田间地头、房前屋后,处处是它的舞台。它不仅带给人们视觉上的惊艳之美,还赐予人们实实在在的生活之资。恍惚间,杨凡感觉自己也成了一朵摇曳的油菜花。

一路上,欢歌笑语像水花一般飞溅,学生们唱周杰伦的《菊花台》,唱至上励合的《棉花糖》和五月天的《为爱而生》。杨凡也和他们一起唱，一起笑，仿佛又回到童年那些清浅无邪的时光。

他们参观了柳庄的民俗馆和根雕展，又观摩了古法酿酒坊，最后来到河边的一片草地上。极目四望，绿盈盈的浮萍像一枚枚铜钱撒在河面上，几只野鸭冷不丁地从芦苇荡里钻出来，惊得一群水鸟仓皇逃窜。一条农家小舟兀自横在河的对岸，几分悠闲，又有几分寂寥。男生玩起土块打水漂的游戏，比赛谁的水花最多。女生则聚在一起，交流搭配衣服的技巧，或拿着小镜子雕琢她们的脸蛋。苏倩倩、许薇、齐天、杨凡和另外几个学生坐在一棵大榕树下，边吃零食边聊天。

这淳朴无华的乡野风光让齐天诗情洋溢，他情不自禁地发起感慨："来到这里，我还真有点羡慕陶渊明的生活了，'采菊东篱下，悠然见南山'，或者像颜回那样，一箪食一瓢饮，过一种简单而自然的生活，多好啊！"

苏倩倩掐来一根狗尾巴草，笑着说："我虽然喜欢这里，但让我待在这一辈子，我可受不了。"

"这倒也是，少了点文化娱乐，不过——"齐天想自圆其说。

苏倩倩说："其实，咱们这些生活在城里的人挺矫情的，向往亲近自然，又受不了寂寞。杨凡，你说是吧？"

"这正是现代人的尴尬和悲哀。"杨凡说。

众人不解:"为什么?"

"人原本是自然之子,人类走出山林,生活在都市,虽然物质生活得到了极大的改善,但精神世界却变得空虚,因为人类将自己与自然生生地隔绝开了。"

"精辟精辟。"苏倩倩拍手鼓掌,另外几个同学也点头称道。

"人类走得太远,早已忘记了大自然这个故乡。"杨凡又补充了一句。

齐天暗暗吃惊,他万没想到这个残疾少年会有这些不同凡响的思考,他笑着说:"看你平时不哼不哈,可讲起大道理来头头是道,佩服佩服!不过呢——你的说法我不完全赞同,人类对物质生活的追求是历史的发展和进步,也是我们人生幸福的保证。有些人陷入空虚和迷惘,是因为他们没有把物质生活和精神生活平衡好。"

"零食部长"许薇边嚼薯片边说:"什么'自然',什么'发展',你们这是咸吃萝卜淡操心,依我看,人生最大的幸福就是别上学,别考试,别让我看见德育主任那张河马脸。"

几个同学忙问她怎么啦。

"我经常忘戴校徽和胸卡,他就把我拦在校门口,叽里呱啦地训我一通,最后问我痛不痛,我说我不痛,他说你不痛后果很严重。我就纳闷了,我的确哪儿都不痛嘛,胡搅了半天,传达室老伯告诉我,'河马'是南方人,总把'懂'字念成'痛',哈哈。"

几个人笑成一团。

三点钟的时候,吴永仁把大家召集起来,玩"击鼓传花"的游戏,花传到谁的手里谁就得表演节目。"跳蚤"负责敲"鼓"——一个事先准备好的面盆,王淑敏又采来一束野菊花。

"鼓声"一响,野菊花飞快地从一个人的手中传到另一个人手中,"鼓声"戛然而止,大家一阵欢呼,第一个"中彩"竟是苏倩倩。苏倩倩起身想开溜,被人一把拽住,她笑着说:"有人使坏,拿我开涮。"同学们说,谁让你是我们的团支书呢。苏倩倩无奈,往脑后拢了拢乌黑的长发,笑着说:"那我为大家跳支新疆舞吧。"齐天从口袋里掏出口琴,吹起一曲新疆民歌《阿拉木罕》为苏倩倩伴奏。苏倩倩轻摆腰肢,舞动双手,脚尖极有韵律地旋转起来,脖子上的红纱巾随风飘扬……

"鼓声"再次响起,花束传到一个男生手中,因为男生长得矮而胖,同学们都戏称他为"土肥圆"。他给大家讲了个媒婆说亲的故事。话说王家有个豁嘴女儿,李家有个没鼻子儿子,两家都找到媒婆。媒婆先跑到男方家说,王家千金温柔大方,就是嘴不严。男方想,嘴不严无非是爱说爱笑罢了,没大碍。媒婆又跑到女方家说,李家公子人品学问都不错,就是眼下没什么。女方想,眼下没什么无非是暂时穷点,没关系。于是一门亲事就这么定了。大家笑得前仰后合。

花束传到齐天手中,"跳蚤"冲着他鬼笑。齐天只好站起身来,拍拍屁股上的灰尘。这天他正好穿着卫衣,又将"跳蚤"头上的鸭舌帽拿来戴上,然后摁下音箱的播放键,草地上旋即响起经典舞曲《不落的太阳》。齐天舒展腿脚,随着音乐的节拍跳起了流行的嘻哈街舞,活力四射的舞姿加上迅雷烈风般的乐曲,赢得底下阵阵掌声。

跳完了街舞,大伙儿还不过瘾,又嚷着要齐天再表演一个节目。齐天推辞不过,要来一把木吉他,又为大家弹了一首吉他名曲《化蝶》。两个女生跳上前去给齐天献了两束野菊花,底下响起一片掌声和嗯哨声。

高明明自惭形秽起来,对魏阳说:"长得帅就是吃香,我恨不能回炉重造,重新长出一张帅气的脸。"

魏阳自鸣得意起来:"我这形象应该不需要了吧?"

"你当然用不着,你皮肤比女生好,脸蛋比明星帅,唯一缺陷是缺点钙。"

"啥意思?"

"你小子太阴柔了,不像个爷们。"

魏阳捏了高明明一把:"去你的。"

高明明说:"别闹了,瞧,花传到许薇那里了。"

许薇怎么也没有想到野菊花会传到自己手中,"零食部长"的嘴巴正在咔嚓咔嚓地蚕食一个大苹果。大家都哄笑起来。许薇却一本正经地说:"别急,等我解决完这只苹果再说。"她果真不慌不忙地啃完了苹果才爬起来,拍拍屁股上的灰尘,笑着说:"我只会唱儿歌,你们听吗?"大家嚷道,听,听。许薇又说:"我五音不全,是有名的走调大王,你们还听吗?"大家又嚷,听,听。许薇苦笑了几声,便扯开嗓子唱起儿歌《蜗牛与黄鹂鸟》:

阿门阿前一棵葡萄树,
阿嫩阿嫩绿地刚发芽。
蜗牛背着那重重的壳呀,
一步一步地往上爬。
阿树阿上两只小黄鹂,
阿嘻阿嘻哈哈在笑他,
葡萄成熟还早得很哪,
现在你上来干什么。
……

许薇唱歌的样子很逗,摇头晃脑,手舞足蹈。苏倩倩不知从哪里搞来一棵大白菜,跑上去献给她。许薇索性捧着大白菜,一躬身,然后说:"多谢捧场。"大伙笑翻了天。

"鼓点"又不紧不慢地响起来，当野菊花突然停落在一个人的手里时，四周霎时安静下来，几只蝴蝶扇动着翅膀在半空中盘旋，仿佛要搅动凝结的空气。瞬间的沉静后，大家瞪大了眼珠瞅着这个人。

这人正是杨凡。

杨凡从来没有参加过班级的联欢活动，更别说在大庭广众之下表演节目了。今天他坐在这里，本以为自己只是这个舞台的一个观众。

"欢迎我兄弟为大家表演节目，大家鼓掌！"高明明站起来，不停地叫嚷着。魏阳也在一旁摇旗呐喊。

带着几分仓皇和窘迫，杨凡只好用拐杖支撑着站起来，走到空地中央。

这时，苏倩倩走上前去对他说："我跟他们说过，你是顶呱呱的民谣歌手，他们都不信，你敢不敢露一手给他们瞧瞧，也让我开开眼？"

杨凡看到一对热情的眸子，眸子里漾着无限的柔情和热切的期盼。十七岁的青春血液在血管中奔流激荡，使他脑海里浮现出一片海市蜃楼般的幻影，又使他浑身不可抑制地燠热起来……他感觉自己的身体变成了一株向着太阳奋力生长的麦子。

过了一会儿，他渐渐镇静下来，用眼光搜寻齐天刚才用过的木吉他。

高明明把木吉他递给他,对他说:"兄弟,好好表现!"

杨凡夹紧拐杖立定,将吉他背在身上,右手轻轻一划,一串流水般的琶音便回荡在草坪上。

"我也给大家唱一首《蜗牛与黄鹂鸟》吧。"在一片音符织成的浓雾里,他缓缓说道:"从前有一只蜗牛,它生活在一个阴暗潮湿的角落。有一天,它听到树梢有一只黄鹂鸟在歌唱,那美妙的歌声时时召唤着它,于是它一步一步往上爬。"

伴着悠扬的琴声,杨凡轻轻唱道:

背负沉重的行囊,

只为一个遥不可及的梦想。

一步一步,向上向上,

风雨中摔得遍体鳞伤又何妨!

他要告诉黄鹂鸟,

是她的歌声,

给蜗牛的生命带来光亮。

他要告诉黄鹂鸟,

她是照耀他生命的太阳。

一只可怜而可笑的蜗牛啊!

几许执着,几许痴狂。

他只怕有一天,

听不到黄鹂的歌唱,

从此他的行囊装满忧伤。

杨凡创编的这首歌曲采用了Am小调,旋律起伏不大但浸透了浓稠的情韵。他略带沙哑的嗓音使他的歌声平添了几分磁性,虽然缺乏专业训练,却正是这种原始的纯朴和质感,使他的歌声蕴蓄着一种无法抗拒的穿透力。那音符奔袭而来,穿过听者的肌肤,跟血液融合在一起,然后翩然共舞。

随着最后一个音符在空气中蜿蜒,直至消失,杨凡长长地嘘了一口气。片刻沉寂之后,一阵热烈而持久的掌声灌满了他的耳朵。他看见苏倩倩手捧一束太阳花,向他奔跑过来。他看见那对热情的眸子发出潮湿的光芒……

这个拄着拐杖的男生令在座的同学觉得不可思议,他们不敢相信自己的耳朵,不敢相信一个残疾少年会和浪漫的吉他以及温情的民谣发生关联。他们不得不承认,这个曾经饱受他们冷眼和嘲弄的男生,先是用他慷慨激昂的国旗下演说,再是以他摄人心魄的歌喉深深地折服了他们,也撼动了他们。

他们欢呼着涌向杨凡,询问他吉他和音乐方面的心得,还有的同学要拜他为师。高明明无比骄傲地对众人说:"瞧我兄弟,没准将来能成大歌星!"又笑嘻嘻地对杨凡说,"你将来要成大歌星,可得请我当你的经纪人。"魏阳也乐呵呵地跑来凑热闹:"那我就做杨凡的形象设计师。"

三月的这个下午,天地澄明,阳光温柔,花草分外妖娆,连树上的鸟鸣声都那么婉转明媚。

暗香浮动

杨凡像换了一个人。他从容地和别人打招呼，跟同学说笑，大家让他哼唱他新编的歌谣，他便亮开嗓子唱几句。他渐渐明白：一个人如果总是把自己当作异类，那他真的会永远"封闭"下去。他要告别曾经的自己，要像浴火的凤凰那样在精神上涅槃重生。而今，他看到同学们朝他投来目光，露出微笑，他相信那目光是友善的，那笑容是真诚的。他从来没有像现在这样感到人生的美妙和惬意——世界并不像他原先想象的那样充满恶意，古希腊人创造的"世界"一词，其本意就是"美"。一想到这些，他的脸上便露出笑意。

当然，他知道，如果不是苏倩倩，也许他迄今还把自己囚禁在暗无天日的古堡里，苏倩倩是照彻他生命的一道耀眼的光。他为苏倩倩讲题，苏倩倩请他吃饭，礼尚往来，投桃报李，他们之间的友谊自然而纯粹。他也帮高明明补数学，刚刚举行的月考中，高明明的数学终于过了及格线。童老师奖了高明明一本数学试题集。

时令已是四月初，清明节那天，学校组织高二年级师生去烈士陵园扫墓。在回来的路上，齐天对苏倩倩说："后天学生会打算组织学生干部和新团员看一场电影，你觉得如何？"

"好事呀，今年我还没去过一次电影院呢。"

"看来我这个提议还是深得人心的。"

"如果不为难的话，你多给我一张电影票，行吗？"

"小事一桩。"

"谢谢。"

"谢谢"两个字像两只虱子游走在齐天的周身，让他有些不快。

星期五下午，高二年级学生干部和新团员集合前往曙光电影院观看《阿甘正传》。苏倩倩多要的一张电影票是给杨凡的妹妹小苹的。齐天分配座位时有意把苏倩倩安排在自己的近旁，左面是外班同学，苏倩倩的右边是小苹。齐天正暗自得意，谁知小苹嚷着要跟在后排的杨凡坐在一起，苏倩倩就找同学对调了一下座位，于是三人就凑到了一块。苏倩倩在中间，右边是小苹，左边则是杨凡。

齐天摇头叹息。

离放映还有一刻钟，苏倩倩到电影院门口买了几包零食，三个人边吃边聊。

小苹今天特别兴奋，话也特别多，她问苏倩倩喜欢哪个电影明星。

苏倩倩说："我喜欢奥黛丽·赫本。"

小苹不知道奥黛丽·赫本是谁。

苏倩倩说："她是个外国女明星，演过《罗马假日》，小苹喜欢哪个明星？"

"宋慧乔。"小苹说，"倩倩姐，你长得像宋慧乔。"

"是吗？我有她那么美？"

"当然，我哥说你比宋慧乔还美，他说你是这个世界上最美的女生。"小苹凑着苏倩倩的耳朵说。

苏倩倩扭头瞅着杨凡，杨凡问她："瞧你俩，跟个幼儿园小朋友似的，嘀咕什么呢？"

苏倩倩笑着说："讲你的小秘密。"

杨凡脸都灰了。

苏倩倩又问："你哥在家辅导你功课吗？"

"才不呢，他就喜欢拨弄你送给他的吉他，然后发愣，有一回烧开水差点把茶壶烧着了。"

苏倩倩咯咯地笑个不停，又听小苹在她耳边说："上次你过生日，哥哥愁坏了，他没钱给你买礼物，只好去卖血，我跟他一起去的，卖了一袋子血。"

苏倩倩的脑袋一阵晕眩，她闭上眼睛，一幕幕画面在她眼前翻转和切换，明媚和黯淡，欢欣和悲切……许久，她才睁开眼。

"姐姐，你怎么了，是不是我说错了什么。"小苹问。

"没有，没有，姐姐有些头晕。"苏倩倩解释说。

电影不知什么时候已经开始了，银幕上影影绰绰的画面和断断续续的中文配音迎面扑来，苏倩倩的眼里涌起阵阵薄雾。

一旁的杨凡只看见妹妹一直在跟苏倩倩拉话，后来又见苏倩倩定定地望着银屏，一句话也不说。他感到蹊跷，又不敢多问。

借着昏暗的光线，杨凡看到的是一张秀美的淡黑的侧影，那侧影呈现出的弧线优雅而柔和，长长的睫毛让人想起《巴啦啦小魔仙》里的贝贝公主。苏倩倩身上散发出幽幽的馨香，那是一种类似雏菊或百合的淡香，有如初春的第一缕和风，渗入杨凡的心脾。杨凡好想拢住这阵馨香，它曾引领着一颗迷惘和绝望的心找到回家的路。他做过无数个梦，他在这样的馨香里恬然入睡，像婴儿酣睡在母亲的怀里。

此刻，他的心海里风起云涌，惝恍迷离的意识中突然冒出一个挪威诗人的几句诗来：

> 仿佛在那些你将路过的地方，
> 　狭窄的街道都扇动着翅膀，

甚至路旁的桦树们，

都踮起脚欠起身向你靠近

……

※

郝老师为了激励同学们迎战未来的高考，特意邀请两个名牌大学的学生到高二（3）班做了一场报告，又让每个学生制定一份高考目标。苏倩倩的目标自然是复旦大学，她和吴永仁整理同学们交来的"高考目标"时，没有看到杨凡的那份。吴永仁说："也许他没有目标。"苏倩倩说："我找他谈谈。"次日，她约杨凡去校园后面的池塘边聊一聊。

池塘边上种了许多槐树。

两个人静静地坐在石凳上，看着池塘里的青蛙在荷叶上跳来跳去，还有红蜻蜓在半空中来回盘旋。春夏之交，一串串雪白的槐花半羞半眠地挂在槐树的枝丫上，微风吹过，槐花便悠然飘落在两人的肩头。杨凡捡起一串白白嫩嫩的槐花，告诉苏倩倩，槐花是能吃的，他妈妈有时还会用槐花做菜饼给他和妹妹吃。于是两人一把将花塞进嘴里，余香沁肺。

苏倩倩问："怎么没看见你的高考目标呀？"

"哦，我忘了。"

"怎么会忘了呢?那天郝老师交代得明明白白的。"

"我不知道该怎么写,不过——就算我考上大学,我家里的条件你也知道的,念书对我来说太奢侈了!"杨凡苦笑。

"不要那么悲观,上天为你关闭一扇门的同时也会为你打开一扇窗。大学还可以勤工俭学呢。我觉得你还是做好准备,万一……"

"你是说我也能靠自己的努力上大学?"

"当然,你数学成绩那么好,不上大学太可惜了。"

杨凡仰头说:"好,就冲你这句话,我一定会好好学习,不管将来能不能上大学,我都不会让你失望!"

苏倩倩点点头:"这才是我眼中的杨凡呢,如果你进班级前十,我请你去'欢乐谷'。"

一个月后,杨凡和苏倩倩的名字都出现在高二年级月考"光荣榜"上,杨凡像一匹横空出世的黑骏马,一下子冲到班级前十名。郝老师喜上眉梢,没想到杨凡竟有这么大的潜力,夸他"不鸣则已,一鸣惊人"。

苏倩倩兑现了她的承诺。周日,她用她的"小凤凰"载着杨凡直奔城东的"欢乐谷"。两个人玩了碰碰车,又坐了旋转木马。

杨凡开心得眉开眼笑,杨凡说:"什么时候我也带你去一个地方。"

苏倩倩说:"好啊!"

六月的一个下午,天上没有一丝云彩,蓝色的穹窿覆盖着蓝色的海面,天地是两片流动的蓝;天空的蓝色由深到浅,富有层次,天边与地平线交接处如淡淡的烟霭。两个人站在海边的巨石上,海浪不屈不挠地拍击着岩石,卷起雪沫一般的浪花。十几只红嘴海鸥舒展双翼,时而俯冲时而滑翔,悠长的鸣叫和哗哗的涛声汇合成一支雄浑浩荡的交响曲。

"你说的就是这个地方吗?"

"是的。"

苏倩倩深深吸了一口气,感叹道:"真美啊!大海是如此辽阔,我们站在这里,仿佛一切的烦恼都消失了。"

"是啊,每次我感到苦闷都会跑到这里来。有一次我感到前所未有的痛楚,心里只有一个念头,既然这个世界抛弃了我,我干脆就自暴自弃吧。"杨凡顿了顿,接着说,"后来,我在海边坐了整整一个下午,是海浪的声音让我慢慢平静下来。对了,我还遇到一个老人,他见我在发呆,就跑过来跟我聊天,讲他的经历,说了很多鼓励我的话。"

苏倩倩把一瓣剥好的橘子递给杨凡:"真应该好好谢谢这位老人,谢谢他开导你,要不我们哪有机会听到你的《蜗牛与黄鹂鸟》?"

"是呀,要不我也吃不到你的汉堡和橘子了。命运真会捉弄人,让我失去了那么多珍贵的东西,又让我获得了宝贵的友情,也许一切都是最好的安排吧。"

两个人坐在石凳上,沉默良久。

苏倩倩从书包里摸出一本书来,杨凡一看,是一本精装版的《安徒生童话》,便问她:"你带这本书来干吗?"

苏倩倩一本正经地说:"来到海边不能不读安徒生的一篇童话,猜猜是哪一篇?"

"还用猜吗,是《海的女儿》。"

"不知道在海边读这篇童话是什么感觉。"苏倩倩非要杨凡读给她听,杨凡苦着脸说:"我不擅长朗读。"

苏倩倩不依。

杨凡没办法,只好清了清嗓子,开始朗读:"在海的远处,水是那么蓝,像最美丽的矢车菊的花瓣,同时又是那么清,像最明亮的玻璃……"

苏倩倩双手托着下巴望着前方的海面,神情迷离。杨凡读到结尾处"她再一次深情地朝王子望了一眼,然后纵身跳到海里。她感到自己的身体正在一点点地化为泡沫",他听到苏倩倩在喃喃自语:"为了一个不灭的灵魂,为了她的王子,她化成了泡沫。"

杨凡也定定地望着苏倩倩,忽然觉得眼前这个女生有些陌生:她的世界像希腊神话中的迷楼,令他辨不清东西南北。

过了一会儿，苏倩倩仿佛从梦境中醒来，对杨凡说："学校广播站征集学生原创歌曲，我推荐了你的《蜗牛与黄鹂鸟》，你抽空把歌词乐谱整理下。"

"太好了，谢谢你。"

"那首歌我真的很喜欢，你再给我唱一遍吧。"

杨凡便给她唱了一遍，苏倩倩也跟着哼唱。

杨凡低声说："我这儿还有一个蜗牛与黄鹂的童话故事呢。"

"真的？"

杨凡便望着海面，幽幽地说，还是那一只生活在树根下的小蜗牛。每天听见黄鹂鸟在树梢上歌唱，蜗牛一心想看看黄鹂，于是沿着树干一步一步往上爬。爬了十天十夜，眼看快要靠近黄鹂鸟了，一阵狂风吹来，把它从树干上重重地摔到地面。地上的瓢虫和蚂蚁都笑他。蜗牛没有气馁，又开始新的征程，又爬了十天十夜，快要看见黄鹂鸟了，一场暴雨突然袭来，它又从树干上重重地跌下。瓢虫和蚂蚁见了，一阵摇头叹息。这时候，蜗牛已经伤痕累累，疲惫不堪，于是它就躺在树根下休息，躺着躺着竟睡着了。蜗牛万没料到，一把巨大的扫帚把它扫到畚箕里，它又与枯枝烂叶一起被装到垃圾车里。等蜗牛从车里爬出来，它傻了眼：这是一个完全陌生的地方。蜗牛伤心得哭了：也许它这辈子都见不到黄鹂鸟了。蜗牛不甘心，就向路边的野草和小虫打听回去的路。不知走了多少弯路，也不知走了多少个日月，蜗牛终于回到了原来的地方，可是眼前的情形使它惊呆了，葡萄树早已被锯掉，只剩下一个孤零零的树桩。蜗牛哭了三天三夜，感动了土地爷爷。土地爷爷说，我有一个办法能让你见到黄鹂鸟。蜗牛大喜。土地爷爷说，我可以把你变成一只云雀，然后你就能找到黄鹂鸟。蜗牛说你快把我变成云雀吧。土地爷爷说，把你变成云雀可不是一件容易的事，你得在高温炉里待上九九八十一天。蜗牛说，我不怕。土地爷爷又说，变成云雀之后，你将不再是原来的你。蜗牛犹豫了好一阵子，最终谢绝了土地爷爷的美意，决定还做一只蜗牛。

苏倩倩泪眼蒙眬，许久才说："没想到你不仅会写歌，还会讲故事，只是这故事有点悲，跟《海的女儿》一样。"

杨凡低头不语。过了片刻，忽然问："你说再过几十年，咱们还能见面吗？"

"怎么不能？你不是常说，咱们之间有缘吗？"

"缘也有深有浅，有些人只有一面之缘，有些人却是一生之缘。就拿你我来说，我们在同一座城市同一所学校同一个班级，这的确是缘分，可我们的缘分也许仅限于这段日子，之后我们便各奔东西，也许这辈子都见不了面呢。"

"我们将来还会有同学会。"

"同学会？那只是你们成功人士的欢聚罢了，怕没有我杨凡什么事。"

"那我们就来个十年之约。"

"这个好！"杨凡笑着说。

两个人郑重约定：十年之后还在这个地方见面，风雨无阻。

"十年之后的今天，下午两点，海边礁石。"

"一言为定。"

"不见不散。"

苏倩倩望着杨凡，笑着说："我发现，你笑起来挺像一个人。"

"谁？"

"光良，唱《童话》的那个马来西亚歌手。"

杨凡笑着说："我也喜欢他，嗓音纯净。"

"我每回看到光良唱歌就会想起你。"苏倩倩用手捂着嘴笑。

……

别梦依依

同学的友爱如阵阵暖流，时常在杨凡的心头泛起涟漪，他感受到有生以来最切实的幸福，然而，命运的剪刀常常会让奔驰的幸福戛然而止。

姚梅在齐天妈妈的医院干了快四个月了。医院后勤处的顾主任见姚梅为人敦实，手脚勤快，便让她做小组长，这样可以多领一份津贴。当上组长的姚梅更是事事争先，苦活累活抢着干。她的身体原本虚弱，根本经不起高强度的劳动，常常感觉胸闷气短，头晕目眩。顾主任见她面色不佳，便劝她不要硬撑，可以让手下人多干一些。姚梅说："十几只眼睛盯着我呢，我要是磨蹭，他们更有理由偷懒。"顾主任说："我担心你的身体吃不消。"姚梅笑着说："没事，挺一挺也就过去了。"顾主任悄悄送给姚梅一盒阿胶，说这个特别滋补身体，回去熬一熬，每天吃一点。姚梅千恩万谢。

这天，住院部送来一大摊被服，堆得跟个小山包似的。姚梅给六个手下分派了任务。一个姓尹的大姐说她痛经，姚梅便从她那一份里拿了一点到自己这里；另一个姓吴的阿姨说她胃胀，姚梅又从她那里取了一些。另外几个女工撇了撇嘴巴。

姚梅说："我没有三头六臂，总不能都代你们干了吧？今天的任务是重了点，大家忍一忍，吃点苦。"说完便撸起衣袖干起来。按照工作流程，传染性衣物和非传染性衣物须分开处理。姚梅先将传染性衣物放入消毒液中进行初步清洁和消毒，继而又加上洗涤剂对其进行蒸煮、搅拌、漂洗，再脱水晾晒，最后烫干，叠放，入库。一轮工作干完，姚梅感觉脑袋晕乎乎的，便坐下来喝了两口水。姓尹的大姐捂着肚子说："姚组长，今儿肚子痛得厉害，我想请个假歇一歇。"姚梅说："好吧，我跟顾主任说一声，你的活儿我替你干。"姓尹的道了谢就去了。姚梅眼见今天的漂洗任务难以完成，便有些着急。她对几个手下说："大家辛苦点，完了我请你们去吃烧鸡公。"说完又马不停蹄地带头干起来。过了约莫一刻钟，姚梅忽然感觉头痛欲裂，眼前发黑，说了声"不好"，一下瘫倒在地。几个手下吓得大叫："姚组长，你怎么啦？"一个慌忙跑去找顾主任。不一会儿，顾主任赶来了，见姚梅神志不清，立即让人找来一辆推车，急忙将姚梅送到医院急诊室。

经查，姚梅右侧椎动脉颅内段闭塞长达6厘米，左侧非主供血管伴狭窄，需要即刻进行手术治疗。杨凡和妹妹小苹赶到医院，见妈妈人事不省，吓得大哭。顾主任劝杨凡先别哭，赶紧在手术单上签字。杨凡止住哭，用颤抖的手签了字，然后望着姚梅被推进手术室，兄妹俩又哭了起来。随后，良叔和桂英婶也赶来了。小苹哭着问良叔："我妈会死吗？"良叔安慰她："你妈是个好人，菩萨会保佑她的。"顾主任给医院领导打了招呼，先给姚梅治疗，诊疗费可以缓一缓。没过多久，齐天的妈妈也赶到手术室。手术进行了三个小时，下午两点半，医护人员将姚梅从手术室推了出来。齐天妈妈对顾主任说："手术很成功。"又对杨凡和小苹说："放心吧，你妈会好起来的。"

兄妹俩这才慢慢平静下来。

杨凡妈妈患病的消息很快在高二（3）班传开，高明明和魏阳等同学倡议，号召大家给杨凡的妈妈捐助医药费。苏倩倩和吴永仁说，捐款的事必须征求郝老师的意见。郝老师对学生的义举大加赞赏，说道："这是爱心行动，我全力支持。"班级募捐会上，郝老师率先捐了两百元，童老师和李老师也捐了两百。齐天、高明明等同学纷纷将自己的压岁钱奉献出来。齐天对郝老师说："我妈说了，医药费还不少呢，仅靠咱们班的力量恐怕不行，我们能不能以学生会的名义，发动全校师生献一份爱心。"郝老师说："这个主意好,你跟我去一趟校长室。"

当日中午,八中团委和学生会共同发出倡议书,号召全校师生为杨凡同学的妈妈捐款。截至次日下午五点,共筹得善款两万三千多元。院方给姚梅也减免了部分费用。

杨凡哽咽着说："谢谢你们。"

姚梅在医院住了整整三个多星期,六月中旬才出院回家。这一场大病再次将杨凡的家拖入困境,姚梅的身体需要静养,她在医院的活儿肯定是干不成了,可家里的吃穿用度一样也少不得。

一天,姚梅坐在屋外的椅子上晒太阳。

杨凡把心一横,试探着说："妈,我想跟您商量个事。"

姚梅问："什么事?"

"家里的情况你也知道,这样下去可不行,得有人挑起这副担子。"

姚梅说："等妈妈病好,就出去打工。"

杨凡说："您这身体再经不起折腾了,还是让我来吧。"

"你?你还是个学生,不行!"

"妈,这个学我不想上了,也没心思上了,我再怎么读也读不出名堂,还不如供妹妹读,这样咱们家还有希望。"杨凡几乎是在哀求,又说,"现在家里正是需要我的时候。"

"可你的腿……"姚梅摇头。

杨凡说："你看我送过报纸,卖过红薯,不也行吗?"

姚梅不吭声了。

……

苏倩倩和齐天他们得知杨凡退学的消息,都深感惋惜,却又毫无办法。

※

杨凡辍学后,每天除了送报纸,还在周围一带捡些废弃的纸盒和塑料瓶。积攒了一点钱,他又到生鲜批发市场弄些便宜的水果或是到纺织厂拿点廉价处理的毛巾袜子,在"家乐福"广场上摆个地摊。仗着当初卖红薯的一点生意经,加上良叔的帮衬,勉强还能支撑下去。可做母亲的心里很不是滋味,一心要为儿子的将来打算。姚梅认识一个鞋匠师傅,希望儿子能跟他学个修鞋的手艺,不太费劲,又能养活自己。杨凡也想不出其他谋生之道,只好答应他妈。第二天,姚梅买了点烟酒之类的薄礼,领着杨凡登门拜师。可连一个星期都没挨下来,杨凡就跑回来了。

姚梅问他："你又怎么啦?"

他说："我不想一辈子修鞋。"

姚梅生气了:"你不学修鞋,还能干啥?"

他又说:"我也不知道,反正不想一辈子就这样!"

姚梅拿他没办法。于是杨凡又送报纸、捡垃圾、卖水果去了。

这天,杨凡在家乐福前的广场上,将批发来的水果一一摆放好。刚做完两笔生意,天色渐暗,不一会儿,几团乌云从西边翻滚而来。杨凡惊叫一声"不好",雨点就噼里啪啦地砸了下来。杨凡望着一摊水果,傻了眼。

正兀自懊恼,一个声音在他耳边乍响:"杨凡,快来躲雨。"杨凡回头一看,是徐子涛。徐子涛撑着伞向他招手。杨凡走过去问:"你怎么在这里?"徐子涛说:"你忘了,我姨娘家也住这附近,今儿她过生日。"他又问杨凡:"你在卖水果吗?"杨凡点点头,一脸苦笑:"水果全泡汤了,卖不出去了。"徐子涛叹息道:"太可惜,你要赔本了。"

两个人闲聊了一会,见雨停了,徐子涛说:"我先走了,得赶去姨娘家吃生日宴了。"两个人道了别。

第二天,杨凡打算将一堆泡过雨水的水果以最低价尽快处理掉,可吆喝了半天,没有一个顾客来买。他正心疼批发水果的本钱,一群学生模样的人叽叽喳喳地朝他奔跑过来。

杨凡惊叫起来:"苏倩倩、齐天,你们怎么来了?"

徐子涛从人群里钻了出来:"嘻嘻,是我告诉他们的。"

齐天回头对大伙儿说:"同学们,你们渴不渴?"

大伙儿齐声说:"渴!"

齐天又问:"要不要吃水果解渴?"

大伙儿又说:"要!"

苏倩倩说:"杨凡,你这里的水果我们全包了。"说完,将一张一百元的票子搁在杨凡的钱盒里,拿起几只梨子。其他同学也纷纷效仿,一会儿,一摊水果就被拿了个精光。杨凡的眼圈湿润了,他说:"这辈子跟你们做同学,是我最大的幸福。"

苏倩倩问他:"阿姨的病应该好了吧?"

杨凡说:"好多了,她还想要出去找活儿干呢。"

苏倩倩说:"体力活肯定是不能干,要不你让阿姨再等等,我问问我爸。"

苏倩倩回家,缠着她爸找找关系,给杨凡的妈妈找一份轻松点的活儿。

苏正康说:"为了我女儿的爱心,我破例一回。"

半个月后,姚梅被安排到城北街道办事处做收发工作,虽是临时工,但待遇并不差。姚梅对杨凡说:"老天爷没有亏待咱们,咱们遇上好人了。"

※

转眼已是九月初,新的学年又开始了。如果杨凡没有辍学,他和苏倩倩都是高三毕业班的学生,然而,这些与杨凡已毫不相干。

杨凡已经连续几天没有出门做买卖了。一种不安和不甘交织的心绪时常在半夜唤醒他,他坐在床上想:难道这就是我杨凡的未来?难道我杨凡就这样浑浑噩噩地过下去?难道我杨凡永远都是别人同情和施舍的对象?

这天,杨凡请人将两大箱苹果搁在学校门卫,对门卫老伯说:"这是给高三(3)班学生的水果,麻烦您通知他们一声。"老伯爽快地答应了。

一连几天,杨凡独自坐在海边。这天,他又坐在石头上发呆,隐约听到远处有声音叫他,掉头一看,正是他的老朋友。老汉正朝着他招手呢。

杨凡来到老汉的船上。

"一个人坐那,想什么呢?"

"想我的未来,不知道我的未来在哪里。"

"呵呵,有出息。"老汉夸奖说。

"有出息,我这样一个人能有什么出息?"

"那可不一定,蛇有蛇路,鳖有鳖道,你肯定也有比别人强的地方,你不是会弹那个像琵琶的玩意吗?"

老汉一席话点醒了杨凡。

"你这小子有股韧劲,认准一件事,咬牙干下去,准能翻身。"

杨凡的眼里闪起光焰。

老汉爬到船头,拿来一只斗笠送给杨凡。

杨凡接过斗笠,谢了老汉。回去的路上,杨凡感觉胸口有一团烈火在燃烧。他想他不能这样沉沦下去,他不甘心这辈子只能做一只蜗牛。他要让全天下的人看一看,蜗牛也会有发光的一天。

杨凡在一个矮坡上停下脚步,然后转过身去,久久凝望着大海。太阳直射的海面上,仿佛铺着一条金光闪闪的地毯。远处的桧柏变成了一团团浓绿的雾,遮住了巨石的身影。杨凡喃喃自语:"我会回来的,我一定会回来的。"

一个月色昏朦的深夜,杨凡悄悄起身,把一封写好的信和做小生意挣来的五百元钱搁在饭桌上,然后带上吉他和斗笠出了家门。临行前,他朝这个生活了多年的"蜗居"深深地鞠了一躬。

街上早就没了公交车,杨凡只有靠脚和拐慢慢行走,大约一小时后,他才来到迎宾路一号,苏倩倩家所在的"金碧花园"。街头冷冷清清有些阴森,偶尔会有一两辆汽车疾驰而过。整座城市在沉睡，不眠的只有小区大门对面这一棵高大的香樟树，在路灯的陪伴下依然精神抖擞，仿佛在为这座城市守夜。杨凡走上前去抚摩着树干，思绪纷飞。

倩倩，再见，我要走了，我要到很远很远的地方寻找未来，也许有一天我会带着荣光走向你，也许这一去我们将永不相见。

> 今夜，月色有点苍茫，
> 我要独自去远方流浪。
> 今夜，风儿有点凄凉，
> 我要离别生养我的家乡。
> 不要行李也无需送别，
> 离别的时刻有些悲壮。
> 带上这支歌上路，
> 陪我去天涯闯荡。
> 黑夜请为我祈祷，
> 一生只为那一天的光亮。

杨凡离开这座城市的时候，心头一直回荡着这首歌。午夜的火车载着杨凡呼啸着奔向远方……

外面的世界

苏倩倩得知杨凡去远方寻梦的消息,又悲又喜。她去了一趟杨凡家,姚梅不在,只有小苹一个人伏在桌上写作业。苏倩倩问她杨凡什么时候走的。小苹说是两个星期前。小苹忽然想起什么,从床垫底下取出一封信来,对苏倩倩说:"倩倩姐,这是我哥走之前留下的。"

苏倩倩一字一句地读着信:

亲爱的妈妈、小妹:

当你们看到这封信的时候,我已经踏上了开往远方的火车。我要去很远很远的地方,你们不要寻找我,也不要为我担心。我已经十八岁了,能照顾好自己。请原谅我的不辞而别,我之所以这样,是怕你们会阻拦我出去闯荡,我不想一辈子就这样窝在家里，靠你们来养我。老天既然要我活着，我就要活出个人样。

十几年来，我给全家增加了太多的负担，爸爸因我而死，这个家也因我而衰败。一想到这些，我就痛不欲生。所以，我下定决心，要在有生之年拯救自己，也拯救杨家，我一定要让你们过上好生活。

妈妈，儿子走后，你千万要多保重自己，不要过分劳累。

小妹，妈妈身体不好，你要勤快点，多帮妈妈做事。

你们等着我回来，或许五年，或许八年、十年，我一定会回来的。

不孝子　杨凡

离开杨家，苏倩倩伫立在石麒麟旁，仰望着天上的流云，思绪万千：杨凡身处何方？他靠什么来养活自己？如果生了病怎么办？她和他还有重逢的那一天吗？

回家路上，苏倩倩看见流浪歌手在沿街卖艺或坐在路边，她的眼睛湿湿的，心里喃喃地说："杨凡，你也是这样流浪在街头吗？"

距离高考还有半年多的时间。考大学对于高三学子而言，是压倒一切的头等大事，没有人敢拿自己的前程当儿戏，何况他们的父母成天敲边鼓："考上大学，一辈子风光；考不上大学，一辈子泡汤。"老师们更是使出浑身解数，将老祖宗流传千年的科考机制发挥到极致。于是三天一小考，五天一大考，周考月考模拟考，直考得飞沙走石，云垂海立。

※

光阴流转，弹指间，高考进入了倒计时。这可忙坏了一帮高三学生，他们到处托人找模拟试卷，找名师猜题押宝，也有学生索性抛了书本，一副死猪不怕开水烫的神色。对于高考，苏倩倩胸有成竹，在全市的历次模拟考试中，她的名次都排在年级的前五名以内。郝老师认为，如果不出意外，苏倩倩考进复旦没有问题。苏正康夫妇暗自高兴。

这天放学，苏倩倩刚收拾好书本，准备离开教室。许薇跑进教室，对苏倩倩说："倩倩，传达室里好像有你的信！"苏倩倩吃了一惊，这一年来她与外界几乎断绝了联系。"莫非是……"她的心忽地颤动起来。两个人跑到传达室一看，果然有苏倩倩的信。一看那字迹，苏倩倩的心仿佛要从胸膛里迸出来。信封上并没有落款，但那字迹分明就是杨凡的。

回到家，苏倩倩躲进房间，关上房门，拆开信封，一字不落地读起来：

倩倩：

　　你好吗？看到这封信，你一定很吃惊吧。

　　去年九月的一个夜晚，我离开了这座城市。那个夜晚，我曾在你家小区对面的香樟树下徘徊了许久，我只能以这种方式跟你道别。

　　感谢你为我所做的一切，还有班上的同学。我承受了你们太多的爱，我怕这辈子都报答不了你们。记得你说过，我似乎有点音乐天分，我也一直有个梦想，那就是让更多的人听我唱歌。音乐需要生活的底色，没有生活的音乐是没有灵魂的，所以我想去外面的世界品咂生活，同时也寻觅音乐上的同道人。

　　离家之后，我到处流浪，吃尽了苦头，我的生活比一个叫花子好不了多少。我给人家照看过仓库，洗过碗碟，糊过纸盒，更多的时候是坐在马路边和车站码头，弹着你送我的那把布鲁克吉他，唱着自己写的歌。运气好，一天下来能挣个五块、八块钱。倒霉的时候，连一碗饭钱也挣不到，于是这天只好饿肚子。可悲可恨的是，我这样一个落魄透顶的残疾人，竟然还遭遇了一次洗劫，几个强悍的乞丐抢夺了我的布鲁克，我攥不上他们，只好哀求他们，于是用辛辛苦苦挣的几十元钱去换回吉他。晚上，我住不起旅社，只能露宿街头或是住在废弃的工棚，就这样度过了无数个寒星闪烁的夜晚。你知道,这样一不小心就会着凉的,头痛脑热是常事。有一次,我发高烧,身体虚弱得像路边的枯草,我靠着墙壁呻吟,迷迷糊糊中被一位大爷送进一个诊所,大爷救了我的命,我却无以为报。我不会忘记在我连最便宜的盒饭都买不起时,一位在停车场打扫卫生的阿姨给我送来一日三餐。

"在家靠娘,出门靠墙",这句谚语真是没有一点杂质的智慧。这一年来,我依靠墙壁度过了无数个日日夜夜,也明白了许多道理。我终于懂得悟道的高僧为什么都要经过一番面壁。是的,墙壁会用永恒的沉默告诉我很多道理。流浪的生涯没有小说中写的那样浪漫,也没有奇遇,有的只是辛酸和悲凉。想当初,自己只是凭着一腔热血,一心想证明自己,却不知道世事有多艰难。在我动摇甚至准备放弃的时候,你的笑容就会浮现在我面前,你仿佛在对我说:"你一定会闯出一条生路,你可是绝顶聪明的。"于是我流着眼泪对自己说,我不能就这样灰飞烟灭,我不甘心。

苏倩倩的眼泪一滴一滴地落在白色信纸上,留下一个个潮湿的印痕。

我到处漂泊，不知道自己的终点，也不知道自己下一站会往哪里。记得我跟你说过，我向往西部，因为那儿有传说中美丽的香格里拉；我也向往陕北，因为那儿有摄人心魄的信天游。如果有可能，我说不定还会到新疆，唱着《阿瓦古丽》，找一找王洛宾的足迹。给你写这封信的时候，我正在川湘边境一个名叫阿峒的地方，这个地方山清水秀、民风古朴，至今还有赛龙舟的习俗，我会在这里待上一段日子。

你快参加高考了吧，为了这一天，你一定耗费了很多心血。注意休息，沉着应考，凭你的实力，考上复旦没有问题。预祝你成功。

啰唆了半天，或许你根本就收不到这封信，或许我根本就不该写这封信。

落款是"一个寻梦的流浪汉"，时间是"2006年5月20日"。

苏倩倩将杨凡的来信藏在一本厚厚的英汉大辞典里，在自己懈怠的时候，翻出来看一看。

※

一个周日,苏正康夫妇俩哪儿也没去,一心在家陪女儿。黄诗丽边看电视边熨烫丈夫的衬衣,苏正康则坐在小茶几旁品他的功夫茶。两个人有一搭没一搭地拉话。黄诗丽怕女儿久坐伤身,便冲着房间里喊:"倩倩,出来活动一下,劳逸结合。"苏倩倩伸了个懒腰,趿拉着拖鞋,慢吞吞地从卧室里出来,走进卫生间。

忽然,黄诗丽叫了一声:"正康,快看!"

苏正康吓了一跳:"啥事?一惊一乍的!"

黄诗丽叫道:"你快看电视,西部又发生大地震了!"

只听电台主持人说:"本次地震里氏6.5级,震中在距离阿峒城两里的云头山。由于地震发生在26日凌晨两点,群众防备不足,据不完全统计,地震已造成数百人死亡,两千人受伤。当地武警部队正配合医疗部门全力抢救受伤人员。根据预测,今晚可能还有余震发生,当地政府已经组织人员搭建临时帐篷,要求群众在户外过夜。本台记者已火速前往,将随时报道灾情。"

苏正康哀叹道:"在自然面前,人的力量是那样渺小,真是可悲啊,可怜啊!"

苏倩倩从卫生间跑过来,手里拎着湿毛巾,瞅着电视问:

"是哪里?"

"川湘边境的阿峒!"黄诗丽说。

苏倩倩呆了:"阿峒,阿峒。"毛巾倏地掉在地板上。

苏倩倩又一头奔进卧室,翻出藏在大辞典里的信,信上"阿峒"和"5月20日"的字眼一下膨胀起来,在她眼前不停地跳动着,旋转着。

夫妇俩吓得忙问:"怎么了,倩倩?怎么了,倩倩?"

信纸从苏倩倩手中滑落下来,她两眼直直地盯着窗外,喃喃地说着杨凡的名字。

见此情形,夫妇俩面面相觑。

……

好大的雾啊,是清晨还是夜晚,苏倩倩实在辨不清,她拼命地跑着,喊着:"杨凡,杨凡,你在哪里?你在哪里?"四周悄无声息,只有风声呼啸。浓雾中,依稀有人影幢幢,三三两两的人们好像抬着担架,从她身边匆匆走过,她逢人便问:"你知道杨凡在哪里吗?"没有人回答她。浓雾渐渐消散,露出坍塌的房屋、瓦砾和尸体。不远处,传来婴儿的啼哭声,满目是灭寂的荒凉。苏倩倩拼命地搜寻着,用几乎绝望的声音在叫喊着杨凡的名字……猛然间,她看到不远处的废墟上有一把"布鲁克"牌民谣吉他,在晦暗的天光下发出橙黄色的光,那不是自己送给杨凡的"布鲁克"吗?她疯狂地奔上前去,果然,她听见有微弱的声音从砖瓦堆里传来:"救救我,救救我。"苏倩倩拼命扒着砖头和瓦片,一刻不停地扒着,口里说着:"杨凡,我来救你,我来救你!"那砖头和瓦片像一座小山,扒了一层还有一层,她满头大汗,急得大哭:"有人吗?快来人啊,快来帮帮我。"路人匆匆而过。她一边哭一边扒:"你们为什么不来帮帮我?"她的双手鲜血淋漓,口里念叨着:"杨凡,我来救你,我来救你!"

……

"倩倩、倩倩,你醒醒。"黄诗丽摇着女儿的身体,苏倩倩缓缓睁开眼睛,惊坐在床上。黄诗丽摸了摸女儿头上的汗珠,心疼地说:"你做噩梦了。"苏倩倩伏在她妈的肩头抽泣起来:"杨凡会死吗?会死吗?"黄诗丽说:"不会的,不会的,这孩子命硬着呢。"

"可是……"苏倩倩望着窗外的月亮呜咽起来。

似水流年

时光翻动着日历,无数个日日夜夜从指尖滑过。不知不觉间,十年过去了。夜色阑珊,北京这座不夜城却没有丝毫睡意,一家"苏西黄"印度风情的夜总会灯火璀璨,歌舞正酣。爵士乐、香槟酒、炫目的光柱、混血女子婀娜的魅影和调酒师的花式表演,让一群红男绿女沉醉其间。

一间豪华包厢里,一个身材窈窕的妙龄女子正端着酒杯苦劝一个身着白色西装的男子:"大歌星,走一个呗。"

坐在一旁的四五个男女跟着起哄。其中有个梳着大背头的男子对女子说:"你今儿要是能让我们大歌星喝一杯酒,我奖励你五张。"大伙儿又是一阵哄闹。

女子更来劲了:"真的假的?"

"大背头"掏出几张百元钞票在她面前晃了晃:"骗你干

吗?看你有没有本事拿到这票子。"

女子撒起娇来,面向"白西装":"哥,我的亲哥,人家诚心诚意地敬你,你就赏个脸呗,好不好吗?"

"白西装"一脸尴尬:"我不会喝酒,你别听他们忽悠。"

女子说:"这酒又不是毒药,我一个小女子都敢喝,你个男子汉怕啥?"

"我感冒了。"

"那正好,酒专治感冒,两杯酒下肚,保管你活蹦乱跳。"

"白西装"还是摇头,旁边的男女又是拍手又是笑。

女子见"白西装"一副刀枪不入、油盐不进的神态,便索性往他的怀里钻。"我的亲哥,你就可怜可怜人家嘛,我家老母亲还瘫在床上,等我寄钱回家呢。"

"白西装"面有恻隐之色:"是吗?你哪里人?"

"安徽凤阳的。"

"哦?凤阳好地方啊!"

女子趁势说:"哥,你喝了这杯酒,我唱凤阳花鼓戏给你听。"

"白西装"苦笑着说:"我从不喝酒,你还是饶了我吧。"

女子见"白西装"软和下来,便说:"男人到酒吧哪有不喝酒的,来嘛来嘛。"女子边说边将杯中酒往"白西装"的嘴里灌。

"白西装"被女子纠缠得没办法,硬着头皮呷了一口,随即便咳嗽起来。

几个男女大笑不止。女子从"大背头"手中一把夺过钞票,吻了吻。

"大背头"对"白西装"说:"海笑,你今儿终于破了酒戒,可喜可贺。"

名叫"海笑"的男子说:"华总,下回咱们还是改喝茶吧,我请你去茶舍。"

华总笑着说:"那可不成,好不容易让你这个大歌星破戒,后面我们还得巩固战果呢,王寅,你说是不?"

"就是就是,华总英明。"

※

从夜总会出来,华总跟海笑道了别,然后爬上一辆"玛莎拉蒂"向南驶去。海笑长长地吁了一口气,对他的经纪人王寅说:"我早说过,这种地方不适合我,我在场,会败大家兴致的。"

王寅说:"你啊,太不合时宜,你不给大伙一个面子,总得给人家华总一个面子吧,以后我们还得跟人家合作呢。"

正说着,一辆黑色奔驰车缓缓地停靠在路边。两个人刚准备上车，一个蓬头垢面的老汉走过来："老板行行好。"海笑在口袋里掏了掏，什么也没有掏着，就跟王寅说："借十块钱。"王寅嘟囔着，掏出十块钱扔给老汉。

两个人坐到车上，海笑对司机说："江浩，去紫峰山庄。"

一路上，街道两边的商铺里不时传来当下流行的歌曲。

海笑捅了捅王寅："听，音像店在放我的歌。"

"别忘了，本年度上榜的十大金曲，你的歌可是排在前面呢。"

"看来我们的'平民路线'走对了。如果按照传统的方式去做，打榜、采访、歌友会等，那就落俗了。"

"是啊，现在的唱片公司推歌手太技术化了，过于注重包装和宣传，而忽略了最本质的东西。歌手要靠歌声去赢得市场，你的走红，为歌坛提供了造星的另一种思路。"王寅顿了顿，又说，"工体首映式让你亮相，你到底怎么说？"

"不是说过了吗？我要回临海。"海笑坚决地说。

"我劝你还是再考虑考虑，那可是张导特意邀请你呀！对于扩大你的知名度大有好处，我是一口应承下来的。"王寅觉得可惜。

"没办法，时间有冲突。"正说着，手机响了。海笑接听了一会儿，然后说："抱歉抱歉，我另有安排，是的是的，很重要，我知道您向来很慷慨的，不是酬劳的问题，实在是我抽不开身。"

王寅问："又是姓李的那位吧，他一个月前跟我打过招呼，想请你去武汉商演，我没有答应，这家伙在圈内口碑不太好。"

海笑刚刚把手机搁下，电话铃又响了。他边听边说："这段时间我要去一趟临海，这里的工作只能暂停。你们把配器部分再修改修改，前奏要简朴一点，试试用木吉他，间奏部分跟整首歌的风格不是很和谐，需要重写。"

※

黑色奔驰车驶往城东的紫峰山庄。

紫峰山庄是京城名宅，住着各行各业的名流大佬。现代简约风格的门楼，下沉式中央庭院，大草坪上立着若干景观灯，宽阔的甬道延伸至不同的方向。奔驰车停在小区东南的一栋法式别墅前，这是海笑前不久买下的私人住宅，约有三百多平，前有游泳池，后有小花园，拱形的窗棂，素淡的墙壁，精美的铁艺围栏。

一个四十出头的男子搁下手里浇花的喷壶，迎上前来："小哥回来了，要不要吃点夜宵，我让刘姨去做。"海笑说："先弄两杯咖啡给我们，然后做碗面条就行。"

海笑坐到客厅的沙发上，又问男子："洪哥，机票订好了吧?"

洪哥说:"订好了,明天上午九点一刻的航班。"

王寅不解地问他:"一个义演值得你做出这么大的牺牲吗?"

"你不懂,为这一天,我已经等了十年。"

王寅一头雾水,又不好明问。咖啡端来了,海笑说:"我走了以后,北京的事务你先帮我对付着。"

王寅说:"这个没问题。"

两个人边喝咖啡边闲聊。

王寅说:"有家音响公司想请你去做代言,出价很高,被我婉言谢绝了。"

海笑点点头:"这些商家真能来事。"

"不过,有一档选秀节目想请你去当评委,我觉得可以考虑。"王寅又建议。

海笑摆摆手:"推掉吧,我早就说过,我的专业是唱歌,把歌唱好才是我的本职。"

王寅知道海笑说一不二的牛脾气,便不再劝他,喝完了咖啡便起身告辞了。

洪哥把一碗热腾腾的面条搁到海笑面前:"趁热吃吧,鳝丝浇头面,你最爱吃的。"

"嗯,不错。"海笑用筷子挑起面条吸溜起来。洪哥洗完咖啡杯又转悠回来,望着海笑吃面条。

海笑忽然问他一句:"你有多长时间没回老家了?"

"自从到北京打工,八年来就回过一次,去年回的。"

"跟我差不过,我都十年没回了,你老家还有哪些人?媳妇儿呢?"

洪哥叹了口气说:"别提了,八年前,媳妇儿嫌我没钱,天天跟我吵架,我一气之下从老家跑到北京。好不容易赚了一笔钱,没想到炒股赔了个精光,媳妇就跟我离了。后来我才知道,她暗地里早跟别的男人好上了,那男人是个做钢材生意的,有钱。"

海笑说:"'嫁汉嫁汉,穿衣吃饭',没事儿,天底下好女人多得是,会遇到的。"

"为这事,老娘没少骂我。后来我也想通了,人各有命,这辈子我就跟老娘过吧,把老娘侍候好,不承想——"

"怎么了呢?"

"去年老娘摔了一跤,等我赶回家,老娘就剩一口气了,没过几天就走了,临死的时候嘴里唤着我的小名——唉,想想就要淌眼泪。"洪哥的眼圈红了。

"'树欲静而风不止,子欲孝而亲不待',我也得回家看看了。"

"是该常回家看看,人没个家就跟浮萍一样到处漂。"洪哥说,"送走老娘我又漂到北京了,要不是你收留我,我到现在还没地方去呢。"

"这说的是哪里话?你就安心在我这里干,如果遇到合适的女子,还可以再成家,我会帮你的。"

"老天没亏待我,让我遇见小哥。"说完便收拾桌上的碗筷,又说,"小哥也早点歇息吧,床铺都整理好了。"

洪哥收拾完碗筷,又扶海笑上了二楼。二楼有两间卧室和一间书房,书房连着阔大的观景阳台。海笑独自坐在阳台的皮圈椅上,望着夜半泛红的天空。他的思绪开始翻山越岭,飘落在千里之外一个叫临海的地方。

临海——一个海滨小城,那是生他养他的家乡。

他生命中的那些层层叠叠的忧伤和甜蜜,都与那座小城息息相关。十年了,那里的一切是否别来无恙?

十年的光阴荏苒,十年的萍飘蓬转,十年的人事代谢。这段漫长的光阴能让一片荒地生长出密集的楼群,也能让空白的心灵长满青苔。花开花谢,云卷云舒,世间有多少事物能经得起这似水流年的冲刷和淘洗?

妈妈,儿子要回家了!您过得好吗?您的两鬓是不是已被岁月染白,您的头痛病好些没有?您是不是还在为儿子的生死和命运牵肠挂肚?

小妹,哥哥要回家了!你长高了没有?是在上学还是在工作？你还记得哥哥对你的承诺吗？

还有那个一起卖过红薯的女孩，你是否还记得我俩十年前的约定？你可知道，这一天在我生命中的意义？

海笑起身回到客厅，站在试衣镜前，端详着自己：

那一张曾经稚气的脸庞早已被岁月雕刻得有棱有角，长年的漂泊使他脸上的每一寸肌肤都镌刻着沧桑和老练，眉宇间依然萦绕着一丝抹不去的深沉和忧思。一身的名牌服装并没有给自己增添太多自信，炫目的光环和名利的附丽也没有改变他的本色。

他凝视着镜中的自己说："你是杨凡，永远都是。"

当那庄严的时刻一天天接近，杨凡的心像被一根无形的线牵引着，忽起忽落。恰好一场为全国孤残儿童组织的义演在临海举行，杨凡毫不犹豫地答应了。

※

次日上午八时，杨凡和江浩出现在候机大厅。杨凡头顶一款黑色鸭舌帽，又戴上一副墨镜，挂着轻便的单拐，江浩在后面推着行李箱。杨凡以为这次低调的出行不会引起别人的关注，但没想到，他还是被热情的歌迷认出来了，人们叫喊着他的名字围拢过来，签名，合影。更有一群神通广大的"娱记"

从天而降，纷纷将他们的长枪短炮对准杨凡。

"请问海笑先生，听说你拒绝了工体首映式，是不是另有隐情？"

"你这次前往临海是个人行为还是演出安排？"

"你一向很少在公开场合露面，不走穴，不签售，甚至拒绝媒体采访，是不是一种逆向炒作？"

"影视明星郭巧巧在节目中表示特别欣赏你，你们私下有没有接触？"

杨凡笑而不答，江浩一边推着行李箱一边不停地解释："真对不起，各位让一让，我们马上要赶飞机。"

"海笑先生，我们是'星娱乐'的记者，能不能接受我们的独家采访？就五分钟，好吗？"

"对不起，一分钟都不行，我们要赶飞机。"

"那就对着镜头跟我们的歌迷说句话，可以吗？"

"还是多听我的歌吧。"海笑撂下一句。

两个人好不容易突出人群的重围，终于进入候机大厅。江浩迅速办理了登机事项，不一会儿，摆渡车缓缓开来了。

登机，落座，飞机开始进入跑道。

空中乘务小姐温婉甜美的声音在耳边响起："各位旅客，您乘坐的航班是中国东方航空MU8809航班，从北京飞往临海，飞机马上就要起飞，请各位旅客将手机调整到飞行模式，并系好安全带……"

杨凡恍惚起来。我这戏剧性的半生如同电影镜头在昨天和今日之间切换,苦难和辉煌竟不可思议地交集在自己身上。昨天自己还是那个坐在路边,用皲裂的手数着瓷碗里的钢镚和毛票的少年,今日却变成一个红遍大江南北的名歌星。

空中小姐走过来检查行李的安放,一遍遍提醒乘客们系好安全带。

杨凡发现,空中小姐的模样竟与苏倩倩有几分相似,特别是微笑时上扬的嘴唇和两个浅浅的梨涡。

江浩歪着脑袋沉沉睡去,杨凡望着舷窗外的茫茫云海,迷失在如烟如雾的往事里……

清水·血水·碱水

离开了临海,杨凡像浮萍一样四处漂泊。多年来,他从东部漂到西疆,从南方漂到北国,他找不到任何出路,只能在路边卖唱。他被人抢过,打过,穷困时买不起一碗面条,患病了只能靠着墙壁呻吟,烈日的曝晒使他差点晕死在马路上,他还险些丧生在川湘边境的一次突如其来的地震中……

那是凌晨时分,他酣睡在一个桥洞底下,一声巨响震醒了他,透过熹微的晨光,他瞥见身旁横着一块水泥板。如果他的身体再往右侧挪移一点点,他便与这个世界再无瓜葛了。他没有庆幸自己劫后余生,而是长叹一声:"为什么不让我就这样睡去?"

他无数次想过要放弃这无望的生活,可是身边这把"布鲁克"吉他像一个魔法师,总是提醒他别忘了那个十年之约。

外面人声嘈杂，哭喊声直灌入他的耳中。他挣扎着爬出桥洞，才知道这里发生了一场大地震。他望着那些躺在废墟上的尸体，悲从中来。人类在灾难面前竟是如此的脆弱和不堪，瞬间的工夫，鲜活的生命变成一堆僵冷的血肉。

他忽然又觉得，自己的幸存也许是天意。上天要他活着，那他就不能辜负它的美意，他好歹要活出点名堂来。那抹不去的记忆又在他眼前展开画卷，那一片蔚蓝的海，无邪的笑和香甜的点心，热情的欢呼和掌声，还有那一张张带着体温的爱心款……这些画面使他再一次攥紧拳头，热血沸腾，于是他站立起来，面向东方，泪流满面地喊叫："我不能死，我要活着，为了所有爱我的人。"

也许真是天意怜人，在他冻得瑟瑟发抖的时候，有好心的阿婆给他送来一条棉被；在他病得气息奄奄的时候，一位卖鸡蛋的大爷把他送进了诊所；在他穷得身无分文时，停车场的阿姨给他送来了盒饭。

※

他觉得遇见那个马大哈老板也是天意。

那天阳光灿烂，他坐在车站的广场上，抱着吉他懒洋洋地望着人来人往，什么也不想做。

忽然，他看见一个小偷尾随一个穿黑色风衣的中年男子，小偷将手伸进风衣男子的衣袋，男子丝毫不觉。

杨凡便朝他大呼："喂喂，你丢东西了！"

男子这才回过头来，小偷撒腿就跑。男子摸了摸口袋说："我没丢东西呀？"

杨凡说："刚才小偷都把手伸到你口袋里了。"

男子大吃一惊，连声道谢，看到杨凡腿脚不便，又要拿钱酬谢。

杨凡摆摆手："我不是叫花子，不过你可以听我唱歌，唱得好，你给钱。"

男子笑着说："你唱，我听。"

杨凡便扯开嗓子唱了一首《外面的世界》。

男子大喜，随即叫了一声："你别在这里唱了，跟我走。"原来男子是一个开歌舞厅的小老板，名叫鲁大鹏。就这样，杨凡赢得了他歌唱生涯中的第一次机会。

鲁大鹏带着杨凡来到城郊的一个叫"金海岸"的歌舞厅。歌舞厅是用废弃的厂房改造而成的，有上下两层，底层是歌厅和舞池，二层是一个个独立的包厢。杨凡发现这个歌舞厅的员工构成有点芜杂，有歌手，有舞女，有领班，还有保安人员。

鲁大鹏把杨凡交给一个姓余的领班。余领班让杨凡试唱了几首自己编写的歌，然后说："你这些歌挺动听的，但没一点影响力，客人都爱听经典老歌，你还是学唱郑智化的歌吧。"于是杨凡只好学唱郑智化的《水手》和《星星点灯》，居然赢得不少人的掌声和喝彩。鲁大鹏对杨凡说："还挺像那么回事，哈哈，不错不错，你好好干。"

杨凡站在追光灯下的舞台上，面对台下那些喝得像猪肝一样的脸，听着玻璃酒杯碰撞在一起的响声以及猜拳的吆喝声，他感到很失落，因为根本没人在意他到底在唱什么。不过，杨凡是个有心人，他虽然腿脚不便，但做事勤快，为调音师倒茶水，给键盘手抄乐谱，请同台表演的歌手吃排档。那段日子，他十分虔诚地拜师学艺，他们教他如何伴奏，如何配器，如何唱高音。短短一年，杨凡竟成了歌厅的台柱子，偶尔还会跟同行出去串场子。

有一天晚上十点多，杨凡刚刚唱完两首歌，正坐在台下喝水。突然，一群身穿制服的警察冲进歌舞厅，喝令在场的人用双手抱在脑后蹲着。那些客人和舞女吓得四散奔逃，但很快就被警察制服了。杨凡悄悄问歌厅的键盘手老黑怎么回事。老黑说，二楼包间涉嫌赌博。杨凡大惊。

"金海岸"歌舞厅因为涉嫌不正当营业，最终关门歇业。鲁大鹏也被警察带走了。

※

杨凡离开了"金海岸",只好另谋生路。他一连跑了好几家歌厅,对方一见他拄着拐杖,根本不容他开口说话,便挥手示意他走人。好不容易有家歌舞厅打算接纳他,却因为他交不起昂贵的押金,只能作罢。

一个烟雨凄迷的黄昏,走投无路的杨凡蜷缩在关闭的"金海岸"门口,就着花生米喝了几瓶啤酒,然后迷迷糊糊地倚靠在墙壁上。昏沉中听到有声音叫他的名字,他睁开醉眼一看,原来是键盘手老黑。老黑说找他找了一个多月,没想到会在这里撞见他。老黑问他有没有找到下家,杨凡摇摇头。老黑说:"我现在跟着一家草台班子走江湖,你去不去?"杨凡求之不得:"当然去,总不能坐在这里挨饿吧。"

就这样,杨凡跟着老黑加入了一个"残疾人艺术团",艺术团走南闯北,主要是在县城和乡镇做表演。杨凡跟着他们倒也长了不少见识。

有一天,艺术团团长把大家召过去分发劳务费。老黑因为病了几天,艺术团扣了他很多工钱。老黑不服,揭了艺术团很多内幕,几个残疾人便联合起来整他。杨凡看不下去,替老黑打抱不平。双方争执不休,两个玩杂耍的青年竟操起地上的啤酒瓶砸向老黑和杨凡,杨凡的肩膀被划了几个血口子,后来到医院缝了五六针。老黑要报警让他们赔医药费,杨凡说:"算了算了,都是为混口饭吃,又没有深仇大恨,再说,我也没有伤到筋骨。"两个人决定离开艺术团。

※

广州一度是流行音乐的大本营,杨凡和老黑决定南下去广州寻找机会。老黑的一个朋友建议他们做广告音乐,说这是个挣钱的活儿。杨凡想到自己原本长于自编歌曲,说不定能撞开一条血路,于是和老黑商量,联合了几个音乐人开了一家"音乐工作坊",专门给企业做广告音乐。杨凡拄着拐杖,四处联系业务,跑了几个月,终于说服了一家颇有影响的公司让他做产品的广告音乐。杨凡凭借多年的编曲经验,给这家公司做的广告歌曲竟让他们的产品在当地家喻户晓。这样一个"开门红",使他信心倍增,干劲十足,订单也纷至沓来,生意越做越红火。

但杨凡的理想绝不在于做商业音乐。

他从报纸上获悉,北京要举办全国残疾人歌手大奖赛。他精心录制了两首参赛曲子,寄到北京大赛组委会,一个月后,他等来了"参赛通知"。老黑全力支持杨凡去北京参赛,他说:"商业音乐只是权宜之计,没有前途,想要有大发展还是去北京做流行音乐,没准你也能一曲成名呢。"

工作室离不开老黑,他留在广州继续做广告音乐,杨凡一个人起身北上。启程那天,老黑塞给杨凡一叠票子,对他说:"北京要用钱的地方很多,关键时候用得着。"杨凡死活不肯要。老黑说:"我没亲兄弟,你就是我亲弟,拿着,无论成与不成,都别忘了我老黑。"杨凡含泪跟老黑道别。

※

比赛的前夕,杨凡跟现场乐队配合试唱了两次,在节奏和音调上做了细微的调整。回到住处已是深夜子时,杨凡睡意全无。

第二天,他站在霓虹闪烁的舞台上,前尘往事一起涌来,眼前闪过一张张熟悉的面孔,他们朝他微笑、挥手……他眼噙热泪,用他带着风霜、透着沧桑的歌喉演绎了一曲《蜗牛与黄鹂鸟》。唱毕,台下掌声雷动,经久不息,热心的观众给他献上一簇簇鲜花。

当女主持高声宣布"第一名获得者海笑"时,他止不住泪流成河。他高举奖杯,对台下的观众说:"这个奖杯应该属于我曾经的同学,是他们鼓励我走上讲台和舞台,特别是一个名叫苏倩倩的女孩,是她给予我生命中许许多多的第一次,没有她,便没有这一支《蜗牛与黄鹂鸟》,更没有我的今天。这只奖杯还应该属于我早已离世的爸爸以及在远方的亲人。我十八岁背井离乡，到处流浪，他们至今都不知道我的下落甚至生死。这只奖杯也应该属于那些在社会的最底层苦苦挣扎却还没有找到出路的残疾人，他们没有我这样的运气，但他们为生活所做的努力却是这个世界上最壮丽的生命之歌。"他的获奖感言被如潮的掌声淹没了。

紧接着，杨凡又获得全国残疾人"《中华曲库》歌曲电视大赛通俗唱法"一等奖。杨凡的心野了，他决定留在北京闯天下。然而，北京的流行乐坛早已繁"星"闪烁，大咖云集，他一个来自外地、无门无路的残疾人歌手想要跻身其中，难如登天。但这些吓不倒历经磨难的杨凡，他住地下室，睡火车站，大饼就开水，渡过许多难关。也许是这份虔诚与坚持感动了上苍，机遇渐渐垂青于杨凡。他手持各种获奖证书，出入于录音棚，给人家唱口水歌，为歌坛大腕录小样，做导唱，渐渐成了京城有名的"棚虫"；而他的坦诚和磊落，他的兢兢业业和不计个人得失的品行赢得了许多同行的赞赏。两年后，他被一家颇具实力的唱片公司相中。他忘不了那天的签约仪式上，公司的赵总举起手中的酒杯，对众人说："我相信，在我们的共同努力下，中国流行乐坛不久将升起一颗新星。"著名词曲作家林宗汉不仅为他量身定做了许多脍炙人口的歌曲，还慷慨地献出了自己的压箱之作；资深音乐制作人宋振亲自操刀，为他的歌曲义务配器和录音；著名导演张旻更是推掉诸多大腕明星的邀请，专心为杨凡执导歌曲的MV。

几年后，歌手"海笑"的名字终于响彻大江南北，他的歌曲频频登上各地电台"原创歌曲排行榜"，他与港台著名歌星联袂演出，又随"中国残联"出访东亚各国……

就在杨凡准备将老黑接到北京来共同创业的时候，他接到广州的朋友打来的电话。朋友告诉他，老黑在一次外出接单时出了车祸，他的小摩托跟一辆大货车撞上了，老黑当场身亡。杨凡闻讯后痛哭不止，连夜乘飞机赶往广州，为老黑办了后事。他在老黑的墓碑前枯坐了一整天，粒米未进。

老黑的死让杨凡对人生有了更深切的体验和更清醒的认识，人生一世不过草木一秋，就算活到百岁也只是短短的三万个日夜，与其蹉跎光阴，不如趁未老未病做些有意义的事。他常想，如果没有苏倩倩，没有八中的老师和同学，没有良叔，没有老黑，没有无数默默支持他的歌友，他不可能有今天的成就。成名后的杨凡，每到一处演出，都要到那里的特殊教育学校或残疾人工厂义务为他们演唱，并慷慨解囊。他还常常抽空去孤儿院探望那些失去双亲的孩子，为他们捐献了数万元的学费。

听说某地特殊教育学校的孩子喜欢听他唱歌，他就专程前往。在学校临时搭建的舞台上，杨凡与孩子们一起高唱《让我们荡起双桨》《烛光里的妈妈》，唱着唱着，孩子们忍不住热泪盈眶。

杨凡要走了，孩子们牵着杨凡的衣角恋恋不舍。

一个盲童拉住杨凡的手问："叔叔，老有人叫我瞎子，如果有人叫你瘸子，你怎么办？"

"你就是瞎子，我就是瘸子——你必须承认这个事实，你不承认，别人就会拿它来羞辱你。"杨凡说，"所以，我们残疾人先要接纳自己，才能超越自己。我们不必自轻自贱，因为我们承受了别人所不能承受的东西，我们只有自强自立，才能赢得他人发自内心的尊重！"

※

自己的音乐能给别人带来快乐，能为自己争得尊严，没有什么比这些更让杨凡感到快慰了。他热爱自己的音乐事业，然而，对于自己所处的娱乐圈，他却始终喜欢不起来。在这个圈里摸爬滚打了多年，他越来越感到这是一个能让人迷失自我的名利场。他痛恨流行于圈内的种种"潜规则"，他说："潜规则就是见不得人的黑规则，是江湖交易。"他还不止一次对朋友说："我不排斥当下，但我更怀念过去。"

成名后的杨凡二十七八了，依然是形单影只，孑然一身。

热心的朋友看不过，就一心要给他牵线搭桥，却总是被他婉言谢绝。许多朋友关心他的个人问题，他总是王顾左右而言他。

杨凡的身边从不缺乏漂亮又时尚的异性，尤其是他大红大紫、披金垂银之后。唱片公司赵总的宝贝女儿赵彤是个"新新人类"，身边的男友像走马灯似的换个不歇。不知从什么时候开始，这个"新新人类"突然对杨凡产生了兴趣，常常有事没事往杨凡这边跑。她称赞杨凡是"21世纪最后的牛仔"。

王寅多次劝说杨凡："这可是千载难逢的机会，你是公司的摇钱树，赵总把女儿嫁给你，他就永远拴住了你。赵总身家亿万，你若是娶了赵彤就相当于赚了一座金山。"

杨凡却说："我和她绝无可能。"

王寅笑他傻气。

一个晚上，赵彤绯红着脸，向杨凡表明心迹。

杨凡说："以后你别来了。"

赵彤不解。他说："你能看得起我，我很感激。可是我们之间是不可能产生感情的，因为我们不是一路人，生活经历不同，情感经历也不同。你对我的感情只是一时的冲动，将来会后悔的。"

赵彤耍起小姐脾气，怒气冲冲地问："你凭什么这样说？难道我对你的感情是假的吗？"

杨凡也激动起来："原谅我，我更相信患难时的真情。在我落魄到连一份盒饭都买不起的时候,请问你们这些大小姐在哪里?在我摔倒在风雨中爬不起来的时候,请问你们这些大小姐又在哪里?"

赵彤哭着摔门离去。

浮生若梦

临海市的户外广告牌和公交车站上张贴着义演的巨幅海报，海报上有醒目的头像和显赫的字眼；手机的新闻头条上，"海笑"的名字也冲上了热搜。在杨凡下榻的望海大厦，一群少男少女打着横幅，欢呼着"海笑"的名字。根据主办方的安排，杨凡接受了电视台和报社记者的采访。

有记者问："现在的流行乐坛一会儿是Hip-Hop，一会儿是神曲，你是如何做自己的音乐的？"

杨凡说："严格来讲，我的音乐不是流行音乐，因为它不花哨、不玄虚，它简单、朴素，我表现的都是底层人生活的艰辛和不甘屈服的生活信念。"

又有记者问："有人说，几十年过去了，中国的列侬、鲍勃·迪伦仍然没有出现，你怎么看？"

杨凡却不以为然:"为什么中国一定要出列侬、鲍勃·迪伦?我们应该有自己的音乐。"

"为什么你不愿抛头露面,不愿走穴,不愿参加晚会,甚至在网络上都很难找到你的相片和资料?"

"看起来有些神秘,是吗?有人说我这是逆向炒作,其实我的本性就是这样,不喜欢别人炒我,更不愿自我炒作。我的本名叫杨凡,平凡之极,我十七岁辍学,十八岁开始到处流浪,跑摊,实在没有什么可以炫耀和卖弄的资本。我希望大家多关注我的音乐,少关注我的个人。"

"据说临海是你的故乡,是真的吗?"

"是真的,我这次就是回家。"

人群中传来阵阵欢呼。

……

下午,江浩从主办方那里借来一辆黑色"奥迪",载着杨凡驶向城北。一路上,杨凡望着车窗外似曾相识的街景和建筑,心潮起伏。城北除了新拓宽的马路和新建的两座大厦,没有太大变化。行至广场,发现原先的"家乐福"变成了"沃尔玛",广场中央还建了一个花圃,鲜红的虞美人星星点点地绽放在如茵的绿草中,特别显眼。原先随地摆放的摊位都按城管要求在马路边一字排开,比以往整洁得多。

杨凡恍惚看见自己和苏倩倩推着黑咕隆咚的铁桶一路走

来，引来路人的侧目……

"来来来，看一看，又香又甜的烤山芋。来来来，尝一尝，大哥大姐赏个光。"

如花的笑靥，草绿色的灯芯绒套衫，还有那辆"小凤凰"自行车，那些画面早已镌刻在他的脑海中，仿佛一伸手就可以把它们从昨天拉过来似的。

"奥迪"车绕过广场，又拐过一条街，然后沿着一条石子路直奔杨凡的家。不远处，他看见蹲在草丛里的石麒麟，他的心仿佛要跳出胸膛。车停在路边，杨凡拄着拐杖，江浩拎着皮包，两个人一步一步走近杨凡的家。路上遇见一个佝偻的老人，背着手迷迷瞪瞪地望了望杨凡，显然，他没有认出杨凡。杨凡忽然记起，老人是住在自己家西南面的邻居张鞋匠，他转身叫了一声："张大伯。"老人似乎没听见，依旧背着手晃晃悠悠地往前走。杨凡苦笑了一声，对江浩说："咱们走吧。"

棚户区被改造成一间间平房，比十年前大有改观。两个人穿过一个垃圾中转站，又往东拐了一个弯，一间简陋的搭建房便兀立在他们眼前。门前蓬蒿遍地，残破的木门半掩半闭，一只废弃的瓦炉倒在草丛里，几只小麻雀在门口旁若无人地啄食。

这哪像一个家？

杨凡的心忽地一抽，他大声叫嚷："妈，小妹……"

无人回应。

他一把推开门，家里一个人影也没有，几样破旧的桌椅落满了灰尘，堂前那张寿星年画只剩下半张。杨凡的心不住地下沉，像石头坠入深谷。江浩安慰他，也许她们搬家了。

忽然，背后传来一个苍老的声音："孩子，你是杨凡吗？"杨凡回头一看，一个须发灰白的老头儿站在他跟前，老人满脸都是岁月刻下的沟壑。杨凡惊呼起来："良叔。"

良叔说："你刚刚在路上走的时候，我就留心你了，寻思着这人怎么那么像杨凡呢？"

"良叔，我妈和小妹呢？"

"孩子呀，你怎么才回来呀？都快十年了呀！"良叔红着眼圈说。

"叔，她们人呢？你快告诉我呀！"

良叔叹了一口气，对杨凡说："孩子呀，你回来得太迟了，太迟了。"杨凡急得眼泪快下来了："你快点告诉我吧。"

良叔让杨凡先坐下，然后不紧不慢地说："自打你走后，你妈像丢了魂似的，天天念叨你。有一天她对我说，她要去找你，不然她死不瞑目。她央求我照看一下你妹，我答应了。后来你妈回来了，说她找了好多好多地方，都没有找到你。回家后她大病了一场，满嘴说胡话，一会儿喊你的名字，一会儿说对不起你爸。病刚有些好转，她又满世界寻你去了……"

杨凡的两只眼睛惊恐地瞪着良叔："那她……"

良叔老泪纵横:"她这一去,就再也没回来过,不知道是死是活。有人说,在海边看见过你妈,也不知是真是假。"

杨凡大叫一声,扑倒在地,号啕大哭:"妈!我对不起你!我对不起你!"江浩连忙拉住杨凡说:"我们派人去找,一定能找到!"

良叔也去拉起杨凡:"肯定能找到,你们一家会团圆的。"

杨凡又问起小苹。

良叔告诉他,小苹念完初中,就不肯再念下去了,先是进一家电子厂做工,后来又在超市做促销员。前年开始单干,在菜场租下一个摊位专卖鸡蛋。

杨凡让良叔立即带他去小苹那里。他们来到菜场的时候,小苹正在给人家称鸡蛋,二十岁的小苹已经出落成一个面目清秀的大姑娘,脑后扎着马尾,身上系着大围裙。如果不是良叔指给他看,杨凡压根认不出自己的亲妹妹。他站在妹妹的对面,泪水模糊了他的双眼。

他低声叫唤她:"小苹——"

小苹愣了愣,皱起眉头:"你是——"

"是我呀,你哥。"

小苹满脸狐疑:"你不是歌星海笑吗?"小苹看过电视,总觉得海笑长得有几分像她哥杨凡,但她并不能肯定,毕竟十年的光阴能彻底改变一个人的模样。

杨凡说:"海笑就是我,杨凡。"

小苹忽地大哭起来:"哥,你怎么才回来?妈不见了。"

杨凡流着眼泪说:"哥会找她回来的,一定,一定。"

菜场上许多人停下脚步,望着这一对兄妹唏嘘不已。

小苹当即丢下买卖,跟着杨凡前往良叔的家。路上,小苹告诉杨凡,一年前她经人介绍,交了一个男朋友,男朋友的爸妈坚持要她到他们家去住,所以这儿的家就一直空着。杨凡要小苹丢下卖鸡蛋的营生,跟他去北京,连同她的男友。小苹喜不自禁。到了良叔家里,杨凡又问起良叔的近况,良叔摇头不语。一旁的桂英婶说:"你良叔得了糖尿病,去年住院把家里的钱全花光了。亮子在厂里做钳工,好不容易谈了个对象,对方父母到我们家来了一趟,回去就逼他女儿跟亮子断绝来往。"杨凡说:"你让亮子去提亲。"又回头对江浩说:"你帮良叔在城里买一套三居室的套房,环境、交通和配套都要好。"良叔夫妇连忙说:"这可使不得,这可使不得。"杨凡说:"从今往后,你们就是我爹妈。"良叔一句话也说不出,只是拉着杨凡的手。

当晚,杨凡与北京的王寅联系,要他动用一切关系寻找失踪的母亲。

※

次日午后,天上落下绵绵的雨丝。杨凡取消了一切安排和应酬,让江浩驱车带他出去逛一逛。黑色"奥迪"缓缓行驶在临海的街道上。那些曾经的美丽与哀愁交织成一卷长长的画轴,在他眼前徐徐展开。记忆的碎片幻化成一粒粒明珠,在时光的倒影里熠熠发光。满街的车水马龙,无数雨伞如一朵朵色彩缤纷的花儿开放在雨里。

倩倩,你在哪里?你生活得好吗?

杨凡神思恍惚,灵魂在半梦半醒之间游走……

车行驶到迎宾路,路面拓宽了许多,道路两旁新建了几座高耸的写字楼。

金碧花园还在,巍峨的门楼已被雨水侵蚀得有些斑驳和陈旧,只是不知道苏家是否还住在这里。小区对面的香樟树已杳无踪影,取而代之的是一排绿意浸漫的法国梧桐。杨凡让江浩停车,他伫立在车旁,呆呆地望着金碧花园灰蒙蒙的楼宇。附近的欧尚超市门前,两只大音箱里飘来一首老歌:

是什么淋湿了我的眼睛

看不清你远去的背影

是什么冰冷了我的心情

握不住你从前的温馨

　　是雨声喧哗了我的安宁

　　听不清自己哭泣的声音

　　是雨伞美丽了城市的风景

　　留不住身旁匆忙的爱情

　　……

　　八中在汉江路上，先前砖砌的围墙变成了镂空的铁栅栏，校门也修葺一新，"临海市第八中学"几个遒劲的大字被雨水冲洗得簇新。校园里随处可见的梧桐树葳葳郁郁，教学楼的外墙新贴了淡青色瓷砖。两个年轻的保安坐在门房里聊天。正值课间，身着天蓝色校服的学生们三三两两地在雨中奔跑。

　　杨凡望着八中的校园，感慨万千。在这里，他曾经失落过，但更多的是收获；他曾经痛苦过，但更多的是欢欣。在这里，他要感谢的人太多太多，他们的名字会永远镌刻在他的心坎上。

　　江浩为杨凡打着雨伞，问他要不要进去看看。

　　杨凡有些迟疑。十年了，校园里还有自己认识的人吗？

　　一个保安从门房里走出来，打量着杨凡："我怎么看你长得像一个歌星？"

　　杨凡笑着说："像吗？"

　　保安说："像，像海笑。"

杨凡说:"我姓杨,不是海笑,我以前是这个学校的学生。"

保安点点头。

"童华老师还在这里工作吗?"

"童老师去年调回他老家湖州去了。"

"郝冬秀老师呢?"

"郝老师还在,现在是我们学校的德育主任。"

"哦,她人在吗?"

"我打个电话问问,您稍等。"

保安拨通了德育处的电话,然后对杨凡说:"真不巧,她到教育局开会去了。"

杨凡点点头,又回头对江浩说:"你把后备厢里的两盒龙井茶和一套紫砂壶拿过来。"江浩便将装有茶叶和紫砂壶的礼品袋拎过来。杨凡对保安说:"麻烦您跟郝老师吱一声,就说她十年前教过的一个学生送她的。"保安朝杨凡竖起大拇指。

两个人又坐到车上,江浩问他还要去哪里。杨凡说:"到海边找一个老汉,当年他算是救过我的命。"

江浩发动了汽车。

※

两个人来到海边时,已是傍晚五点多,雨终于停了,天空透出一点微微的光亮。几只出海打鱼的船只正在往岸边行驶，一个渔民坐在船头吹起海螺，发出呜呜的声响。两个人在一块礁石下面找到那条熟悉的小船，让杨凡意外的是，小船的主人不是救他的老汉，而是一个脸上长着紫癜的中年男子。

男子告诉杨凡，老人三年前就过世了，当年他在街上乞讨，昏倒在路边，是老人救了他。

杨凡说："他也是我的救命恩人呢。"说完举起双手，面朝大海，为老人默默祈祷。

……

晚上回到宾馆，杨凡凝望着台历，凄然一笑：那个"十年之约"不过是苏倩倩和自己随意一说的口头约定，也许早已随风飘逝，谁能保证它的信用？也许只有他这样一个傻瓜才会当真，就像《庄子·盗跖》中那个抱柱的尾生。明天就是6月6日，她会如期赴约吗？

杨凡曾经做过种种设想：十年的光阴流转，或许她早已嫁作人妇，正与她的夫君筹划如何让两人的公司在国外上市，那个少年时代许下的诺言早已化作云烟；或许，她正在厨房里做饭，猛然间想起这桩事，然后一笑了之，继续张罗饭菜。当然，或许她还铭记着这个约定，只是因为一时事务缠身，无法赴约……

笑靥如花

公元2015年6月6日，这个特殊的日子曾让杨凡魂牵梦萦和心驰神往。然而，当这个庄严的时刻一天一天临近时，他却又变得恬淡和从容。

这天下午，江浩驱车将杨凡送到海边，他知道这个日子的某个时刻对于杨凡一定有特殊意义，于是他目送着杨凡拄着拐杖一步一步走向前方那个灰黑的巨石。天空是湛蓝的，像漂洗过的蓝绸，白云像被撕扯的棉絮散乱地贴在这无边的蓝绸上。杨凡望了望高挂在中天的太阳，然后沿着山路向上攀登，身上的白色衬衣在阳光照射下发出淡淡的金黄色。

在他一步一步走向巨石的高处时，他忽然意识到，他在不断走近一个秘密，这个秘密整整隐藏了十年，在等待他前去揭开。路边的野花开得正盛，有橙黄的野菊，有绯红的太阳花，还有紫色的牵牛花。那次郊外的联欢会上,苏倩倩为他献上的那一束太阳花至今还在他心头摇曳。他开始采摘这些野花,他觉得自己欠苏倩倩太多,在过去的那些日子里,他连一朵花都没有送过她。

现在,杨凡终于站在巨石上,手里攥着一把五色缤纷的野花。

脚下的巨石曾经留下他数不清的足迹,苦涩的、幸福的、迷惘的……如果不是那一块写着谜语的石碑,不是那一棵把根扎在石崖边的柏树,不是那一张蹲在草窠里的石凳,他真有些怀疑这些是不是他亲历的过往。就在那个石凳上,苏倩倩要他朗诵安徒生的《海的女儿》,读到结尾处,她的眼角泪光点点,一个人自言自语:"为了一个不灭的灵魂,为了她心爱的王子,她变成了泡沫。"

这一切如在昨日。

杨凡甩了甩微微卷曲的头发,眺望前方的海面。大海比往日显得更加宁静和深邃,午后的阳光安详地洒照在海面上,像撒下无数的碎金,闪着耀眼的光。

杨凡看了下手表,距离两点还有一刻钟,杨凡的心开始狂跳起来,感觉身体有些站立不住。从南边飞来几只沙鸥,在海面上盘旋了一会儿,便落在海滩上,悠然地踱步和觅食。

时间像蚯蚓似的一点点向那个时刻蠕动。

杨凡闭上眼睛，幻想着那个时刻，当他睁开眼，天地之间会有一张美丽的笑脸在他面前灿然绽放，笑容里依旧带些顽皮，带些笃定，带些少年一样的天真。他叮嘱自己要沉住气，可他最终还是按捺不住，回头瞅了一眼。

一个紫红色的身影正向他缓缓地飘过来。果然，她来了，像一朵紫红色的云彩向他飘来！

杨凡惊诧不已，这分明就是一个生长在现实世界里的童话！杨凡转过身去，再次闭上眼睛，让一颗心慢慢沉静下来。他即刻开始嘲笑自己的多疑和担忧，他以为十年的光阴蹉跎，地老天荒，人事皆非，他和苏倩倩之间的情谊也会像这礁石一样石老苍苔点点斑，没想到，她也跟自己一样信守这份少年时代的承诺，兑现这个十年前的约定。

"请问，您是杨凡先生吗？"

杨凡转过身来，映入他瞳孔的是一个高挑的陌生女孩，不是苏倩倩！虽然近十年没有见面，但苏倩倩的面容早已镌刻在他的心坎上，无论到哪一天，无论她变成什么模样，他一眼就能认出来！

这是怎么回事？

他的两眼直直地瞪着她，身体像虚脱了一般，竟不由自主地摇晃起来。

女孩赶紧扶住杨凡，问他："您没事吧？"

杨凡努力用拐杖支撑住自己的身体，摆摆手说："我没事，你是谁？"

"我叫王婷婷，是苏倩倩的朋友。"

名叫王婷婷的女孩二十五六的样子，穿着紫红色的紧身衫，有一张细致而秀气的脸庞。

"王婷婷？"杨凡喃喃自语，声音喑哑。

"嗯，我是倩倩的朋友。"女孩又重复了一遍。

"倩倩呢？她……"

"杨凡先生，您先坐下，听我慢慢跟您说。"

杨凡坐在石凳上，望着王婷婷："倩倩呢？她为什么失约？她向来是守信用的。"

"倩倩姐跟我说过你们之间的约定，她坚信你不会食言，她也想准时赴约。"王婷婷说。

"那她——人在哪里？"

"她人在四川大凉山。"

"大凉山？她怎么会跑到那里去？"杨凡有点蒙。

"她在复旦大学人文学院当老师，前年去大凉山支教的，我跟她是同事和朋友。"

"哦，原来是这样，我说呢。"杨凡顿了顿，又说，"那她怎么不来见我？"

王婷婷说："上个月大凉山爆发了一场泥石流，倩倩为了救一个女生受了重伤,正在医院接受治疗。"

杨凡的心弦一下绷紧了:"严重吗?"

王婷婷点点头:"她原本有风心病,加上这次受伤——不过她还是挺过来了,相信很快就会康复。"

杨凡双手合十,幽幽地说:"她这么善良,老天会保佑她一生平安。"

王婷婷忽然想起什么,说道:"我差点忘了,倩倩让我捎一封信给您。"她边说边从包里掏出一封信交与杨凡。

杨凡大喜。他坐在石头上,小心翼翼地拆开信封,两张粉红色信笺展现在眼前。

那是他十分熟悉的字迹,那一字一句在他眼前跳跃,仿佛苏倩倩就坐在他身边,向他轻轻地诉说着。

 杨凡你好,见字如晤。

 我并不能确定你一定会读到这封信,但我的第六感告诉我,你应该会如约而至,一定会的。你也许不知道,十年前的那个五月我是如何度过的。从电视里惊闻阿峒发生地震的消息,我翻出你写来的那封信,我吓晕了,当晚便做了一个噩梦。我一心想前往阿峒去营救你,甚至跟我爸妈闹翻了脸,但最终还是在爸妈的苦劝下作罢。我这个从来不信命的人竟然在庙街广场找了个算命先生为你测字,他说你命大福大，有贵人相助，我这才松了一口气。

杨凡心里一个咯噔：自己写给苏倩倩的那封信差点毁了她的前程，要是苏倩倩真的因为他而错过高考，那他这辈子都不会原谅自己。杨凡长吁了一口气，又接着往下看。

后来我便参加了高考，而且如我所愿，考入了复旦大学。研究生毕业后，我就留在复旦的人文学院担任教师。六年前，我的爸妈也顺利调回上海，一切似乎都是那么完满和美好。我本应知足，接下来便是顺理成章地恋爱，结婚，相夫教子……这也许是许多人眼中的理想生活，但是我内心却一直有个不安的种子在萌芽，我不想这样平平淡淡地度过一生，不愿继续这种程式化的生活。人生不能囿于柴米油盐，还应该追求诗和远方。

杨凡的眉头一会儿舒展，一会儿又簇成一道道沟壑。他为苏倩倩的学业和事业有成感到欣慰，又因她不同凡俗的思想和追求而感到惊诧。他急不可耐地往下读。

一次，学校团委组织青年教师去西部凉山彝族地区，我才发现那儿最大的问题还不是贫穷，而是教育。他们迫切需要教师，但是那儿条件实在艰苦，老师来一个走一个，时间最短的到村里三天就悄悄离开了。我开始整晚整晚地失眠，彝族孩子淳朴的笑脸和期盼的眼神时时在我眼前闪现，终于，我向学校打了报告，申请去凉山支教两年。起初，我爸妈死活不依，但架不住我软磨硬泡。一个春日，我剪去一头长发，背起行囊，只身前往大凉山。

我最初在凉山州首府西昌市附近的一所小学支教，之后又来到了大凉山更为贫困的扎甘洛村。当时那里还没有水泥路，只有村民用铁锹在山壁上挖出来的一条土路，面包车爬坡时需提前加速才能冲上去。坡陡路弯，车窗外是没有护栏的悬崖，我第一次进山时几乎是闭着眼睛的。长期以来，扎甘洛村百姓以放牧为生，山高地少，牧草有限，孩子们不得不将牛羊赶到很远的地方去。于是迟到成了家常便饭，孩子们渐渐地也就不愿意上学了。我初去时，村小学只有十个学生，两位数的加减法不会算，普通话也不会讲，上课随意走动……没办法，我只好采取"蘑菇战术"将他们一个一个"抓"回课堂。孩子们听不懂，我就用他们最熟悉的土豆、核桃做教具，教他们加减法。我还自编歌谣，教他们拼音和识字，把课文改编成情景剧，让他们自导自演。渐渐地，扎甘洛村小学终于有了一个由几十人组成的班集体。我坚信知识可以改变命运，只要他们有知识有技能,就一定能走出大山,走向未来。

　　这里的冬天奇冷无比,土坯房的窗户没有玻璃,盖三四层被子也无济于事;夏天雨水多,房子经常漏水。老鼠也不怕人,夜晚在房间里堂而皇之地来来去去,甚至还有蛇爬进房间……我也曾动摇,但一想到孩子们的未来,我就什么都不怕了。这里的孩子需要我,被需要也是一种幸福。说来也怪,这种幸福是我在上海读书、工作的那些年从来未曾体验过的。在这里,我才真正领会什么是人生的价值和意义。

杨凡的眼里闪着光焰。他抬起头来,仰望着天空,一只黑色的海燕像黑色的闪电从他头顶掠过,自信而倔强地伸展着翅膀。杨凡突然明白,人们怀疑生命存在的意义和价值,殊不知人生的意义和价值取决于自己,取决于心念。

　　还有一个多月,我的支教生涯将暂告一个段落,但我相信,我不久还会回到这里来。就在我动身向州教育局汇报支教工作的前夜,这儿发生了一场特大泥石流,为了救班上的一个女孩,我受了点伤,再加上风心病,此刻我不得不躺在病床上,这就是我不能按时赴约的原因,还请你谅解。你放心,危险期已经过去,不然我也不能给你写这封信。

泪水填满了杨凡的眼眶，他对王婷婷说："倩倩总是这样为别人考虑。这次真是万幸。"杨凡边说边双手合十。

王婷婷说："我离开凉山之前，倩倩姐已经能坐起身子了，她说要给你写信，我要代她写，她不依，非要自己写。她一笔一画，写得很艰难，整整写了两天。"

杨凡长叹了一口气："她还是那么要强。"

> 记得那天在海边，你曾说，缘分有深有浅，有些人只有一面之缘，有些人却是一生之缘。我们的缘分也许仅限于做同学的这段日子，之后便各奔东西，这辈子再也见不了面。其实我想跟你说，缘分是三分天意七分人为，只要我们足够努力，就一定有缘相见。我们都应该看看自己为这个世界奉献了什么，也应该悦纳自我，好好生活，这样才能不愧对生命。最后，期待某一天，我们能够再次相见。

杨凡咀嚼着苏倩倩信中"缘分是三分天意七分人为"的话，若有所思地点点头。他想，我们为什么要把人生的聚散离合归结于虚无缥缈的宿命？他又想到自己这一路的跌跌撞撞，想到自己以一个半残之躯赢得亿万歌迷的认可和支持，这也许就是悦纳自己，好好生活吧。

※

第二天晚上七点,在本市最大的体育馆,一场捐助全国孤残儿童的义演拉开帷幕。随着主持人的开场,升降台将杨凡缓缓送至舞台的中央,追光灯下,杨凡面容深沉而沉静。他向热爱他的歌迷们微微致意,台下立即变成欢呼的海洋,还夹杂着一些尖叫。杨凡坐在高脚凳上,将苏倩倩送他的"布鲁克"民谣吉他横放在怀里。他把麦克风往跟前挪了挪,缓缓说道:

"各位朋友,各位来宾,十年前,海笑没有想到能有今天。大家也许不知道,那时的海笑叫杨凡,是一个曾经对人生感到绝望的人,是他的老师和同学给予他深厚的友爱和温情,帮他和他的家人渡过一次又一次难关。没有他们,绝不可能有今天的海笑。特别是一个名叫苏倩倩的女孩,如果没有她,我不敢想象自己今天会是什么样。她是个善良的人,善良又坚毅。她只身前往大凉山支教,前段时间为了救学生身负重伤,至今还躺在病床上。"

杨凡略略调整了一下心绪,又说:"她是我这辈子最敬重的人,她将我从命运的泥淖中解救出来,让我直面苦难,让我接受自己,接受生命的不完美。朋友们,无论我们遭遇到什么,我们都应当以最大的热忱拥抱生命,并把对生命的这份敬意传递给那些身处困境中的人。"

台下掌声经久不息，只见杨凡轻拨琴弦，霎时，一阵清脆的叮咚声在场馆内纵情流淌，在吉他的伴奏下，杨凡唱起那支久违的《蜗牛与黄鹂鸟》。

……

演唱会结束后，杨凡专程去四川大凉山看望了苏倩倩。苏倩倩原先的披肩长发变成飒爽的短发，穿着素雅，整个人干练许多，唯一不变的是她的笑靥，依旧灿烂如花。

苏倩倩坐在手摇轮椅上激动得流下眼泪。杨凡也是泪眼婆娑。苏倩倩笑着说他："瞧你，一个大歌星，怎么也变得婆婆妈妈的。"杨凡也笑着说她："还说我呢，你自己也哭得不像样了。"

"十年不见，我们都变了。"苏倩倩说。

"是的，你变得更美了。"杨凡赞叹道。

苏倩倩自嘲说："假话吧？我现在的模样就一村姑，我都不敢照镜子。"

"不，在我心中，你一直最美，永远最美。"杨凡语气坚定。

苏倩倩的脸上飞起一道红霞，她喃喃地说："我还记得当年你唱《蜗牛与黄鹂鸟》的样子呢——哦，还有那个蜗牛与黄鹂鸟的童话故事。"

"蜗牛终于又见到黄鹂鸟了。"杨凡语气窈然，"这十年像是做了一场梦。"

"不,不是梦,你的每一步都是实实在在的,你就是传说中的那一只压不垮、打不败的蜗牛。"苏倩倩显得很激动,似乎杨凡今天的成就既在她的预料之中,又在她的意料之外。

"要不是你当年……"杨凡喉头颤动,眼圈又湿润了。他没有继续说下去,而是亲手给苏倩倩献了一大捧鲜花。

杨凡坐在她的床头,为苏倩倩唱了许多他写的新歌,又教前来看望苏倩倩的孩子唱歌。

一个月后,苏倩倩康复出院,回了一趟上海,不久又回到大凉山。她写信给杨凡说:"我的生命已经和那儿的水土连成一片,须臾不可分割。"

约半年后,杨凡的妈妈姚梅终于在湖北十堰市的一家救助站被找到了,一家人团聚在北京。

之后不久,杨凡通过朋友联系到齐天,齐天已成为一家光电公司的总经理,后他又寻访到吴永仁,吴永仁在临海市地税局工作。齐天和吴永仁出面组织了一场同学会,同学会在高明明开的酒店举行。高明明整个人胖了一圈,见到阔别多年的杨凡,他洋洋得意地说:"我早就预言过,你小子会成为大歌星,果不其然。"

魏阳也到场了,戴着蓝色蛤蟆镜,他如今是一家国外化妆品公司的销售代理,大家都说也算人尽其才了。徐子涛脖子上挂着一条大金链，裤腰带里系着一串钥匙，听说他家里因为拆迁拿了六七套房，同学都叫他包租公。

苏倩倩当年的密友许薇成了某平台一个小有名气的网红，到哪都不忘发展她的粉丝团。王淑敏身着紫红色紧身旗袍，一亮相便引起众人的惊呼，她如今是两个孩子的母亲。全班五十多个同学来了三十多个，苏倩倩因为学校的事抽不开身，没有出席，大家都深以为憾。

郝老师和教数学的童老师也应邀赴会，郝老师的双鬓多了许多白发，感叹现在的孩子不好教。童老师还是大嗓门，说起话来语调夸张兼手舞足蹈。

杨凡在酒会上给大家逐一敬酒，表达谢意，齐天和高明明几个人把杨凡灌得烂醉。

此后，杨凡减少了各类演出活动，将更多的时间和精力投入公益性事业。皖北境内的孤残儿童之家有他的身影，西南贫困山区有他的足迹。为救助尘肺病患者，他四处拉赞助。他还为希望工程捐建学校十多所，而大凉山自然是他去得最多的地方……